JN265627
腰を撫でていく手のひらが、
思考をだんだん散漫にしてしまう、
小さく聞こえたのは首筋を啄む唇の音で、
その感触と、菜摘に聞こえてしまわないかという不安とで、
希の肌は震えてしまう。
ミルククラウンのくちびる

ミルククラウンのくちびる

崎谷はるひ

13206

角川ルビー文庫

目次

口絵・本文イラスト／高久尚子

その日は空を見上げるだけで気の滅入《めい》るような曇天《どんてん》に、ひどく冷たい風が吹《ふ》いていた。

寒い季節の体育は憂鬱《ゆううつ》だ。ことにこの春、暖冬だったつけを払《はら》えと言わんばかりにいつまでも風は冷たいままで、だというのに体育教師は気合いを入れろとジャージの着用を許さない。

おまけに月曜の週明け、一限目から屋外での体育となれば、もう最悪もいいところ。

「信じられない……」

体操服の上だけはなんとか長袖《ながそで》OKをされたものの、下はメリヤス素材の短パンのみ。がちがちと歯の根が合わないまま、鳥肌《とりはだ》の立った脚《あし》を内股《うちまた》にして擦《こす》り合わせ、白く凝《こご》った息を吐《は》くのは誰《だれ》しも同じだ。

「曇《くも》ってるし、空気湿《しめ》っぽいし。雨じゃなくて雪降るんじゃないのかって勢いだよね」

雪下希《ゆきしたのぞむ》もご多分に漏《も》れず、ほっそりとした肩《かた》を竦《すく》めて必死に腕《うで》を撫《な》でさすりながらぼやく。肉が薄《うす》いせいか希は寒さに弱くて、足下《あしもと》からしんしんとなる冷気に骨まで痛くなりそうだ。

「つうか、さみーよっ！　四月、中旬《ちゆうじゆん》だっていうのに。桜も咲《さ》いてるのに……っ」

隣《となり》にいたクラスメイトもそうだそうだと頷《うなず》いているが、ひとり涼《すず》しい顔をしたのは学年一の秀才《しゆうさい》と言われる内川充《うちかわみつる》だ。

「――花冷えって言葉もあるからな」

情緒《じょうちょ》ある言葉を紡《つむ》ぐ割に、その表情はあくまで素っ気ない。

「うっちー、寒くないの？」

情けなく震《ふる》えながらの希が問えば、すらりとした指でブリッジを押し上げた内川は、やはり表情ひとつ変えないままでけろりと答える。

「なに言ってんの？　寒いよ」

内川のトレードマークでもある眼鏡《めがね》は、三年の進級時に買い換《か》えたものだ。勉強のしすぎで視力が落ちたらしく、レンズから変更《へんこう》したそれはずいぶん大人っぽいデザインのものになっている。

心頭滅却《めっきゃく》すればなんとやら、を地でいく精神力の強い彼は、寒いといいつつその身体《からだ》を丸めることもせず、長い脚を軽く弾《はず》ませて身体を温め、姿勢よく背筋を伸《の》ばしたままだ。

「その顔で言われても嘘《うそ》っぽいよ……」

「顔は生まれつき。――っと、集合！」

希のぼやきをよそに、内川は号令をかけてグラウンドの真ん中に震えあがる連中を集めた。ダントツの成績と人望から、進級早々にクラス委員を任された彼の張りのある声に、ぶつくさと言いながらも皆《みな》、素直《すなお》に従っていく。

「集まったかー。じゃあ、予定通り今日はマラソン！　雨になったら体育館に集合のこと」

「うえっ。じゃあ最初から体育館でマットとかにしましょうよー」

「受験生はいたわってください、風邪《かぜ》ひいたらやばいっすよ先生！」

野太い声で繊細《せんさい》な文句をたれてみても、知ったことかと教師はにべもない。

「なーに言ってる。受験生だから特にスタミナつけておけって親心だろう。身体をちゃんとあったためてから走るように！　んじゃまず、ふたりひと組のストレッチから」

「ふあぁい」

適当に組んでやれ、と言われ、それぞれ親しい友人たちと組になる。希もとくに考えることなく、仲のよい内川と組んだのだったが、これが間違《まちが》いのもとだった。

「う、うっちー！　足が、足が届かない。浮《う》いてる浮いてるっ」

「あれ？」

互《たが》いに背中をつけ、腕を組み合って荷物を担《かつ》ぐように相手を持ち上げ背筋を伸ばすストレッチなのだが、まずはと引っ張られた希の身体はぐんとばかりに宙に浮き、じたばたともがく羽目になる。

「また背ぇ伸びた？」

「ああ、春の測定では去年の秋より十センチだか」

二年時から同じクラスだった内川は、このところ急激に身長が伸びた。半年前には希と同じほどであった目線も、いまでは軽く見上げないと噛《か》み合わない。

「えー、いいなあ……」

その角度はどうしても、自分の好きなひと——うっちー言うところの、カレシである——を思い出して、希は少しだけ悔《くや》しいような気分になった。

(みんなでっかいんだもんなあ……)

標準よりもかなり華奢《きゃしゃ》な希であるが、身長はどちらかといえば高い方に入る。だが周囲が軒《のき》並《な》み、桁外《けたはず》れの長身を誇《ほこ》る相手ばかりなもので、自身が少しも成長できていない気がするのだ。特にぐんぐんと背も伸び体格も男らしくなる内川を見ていると、同年代だけにそのコンプレックスはひとしおだ。性格が大人びているのは以前からだが、最近はそれに体格のよさが加わったことで貫禄《かんろく》めいたものまでついてきた気がする。

それに比べて、少しも逞《たくま》しさのない自分の細腕を眺《なが》め、希は羨望《せんぼう》の吐息《といき》をした。

「俺は伸びが遅《おそ》かったんだもん。おかげでこの時期に成長痛だよ、厄介《やっかい》な。……ってほら、ちゃんと引っ張れ雪下」

「うう、お、重いよー……。いい加減、組になるの無理があるかなあ」

交代だと背負ってみれば案の定、すらりと細身ではあるが筋肉質の青年の体重を支えきれず、希の方が息を切らす羽目になる。やっぱり組む相手を替《か》えた方がいいんじゃないかと提案するが「それは却下《きゃっか》」と内川がきっぱり言った。

「なんでさ、身長だってほかの連中なら同じくらいのも」

「というより、俺以外は無理だろうなあ。雪下と組むの」

瞬殺《しゅんさつ》のそれに希はきょとんとなるが、続いた言葉に少しだけ、萎《しお》れた気分になってしまう。

「……やっぱ俺、浮いてる？」

新学年になって一番きついのは、進路選択《せんたく》のおかげで仲のよかった友人たちとクラスが離《はな》れてしまったことだ。

家庭の事情というやつにより派生した失語症《しつごしょう》から、希は中学時代まで半ば不登校の状態で、そのため高校に入ってもしばらくはひとに馴染《なじ》むこともできず、二年の中盤《ちゅうばん》からようやくこの内川らとは仲良くなった。

だが、それはあまり社交的でない希に彼らのほうからが積極的に関《かか》わってくれたからだと知っているし、実際いまでも自分からひとに声をかけるのはなんとなく苦手だ。

おかげで、新クラスのほかの面子《メンツ》とはまだそこまでうちとけられていない。鷹藤昌利《たかふじまさとし》と叶野《かのう》弘伸《ひろのぶ》、そしてこの内川と四人でいつもつるんでいた時間には忘れていた、集団にうまく溶《と》けこめない自分というのを思い出してしまいそうで、希はしょんぼりと目を伏《ふ》せる。

しかし、スクラムを組むように腕を引っ張りあう最中《さなか》、内川はやや複雑そうな声を出した。

「あーいや。おまえが悪いわけじゃないし。つかどっちかつーと気まずいのあっちの連中だし」

「ん？　いてて、……な、なにが？　どゆ、こと？」

普段《ふだん》使わない腕の筋肉を伸ばされつつ、びきびきとする筋の痛みに希が息をあげていれば、聡明《そうめい》そうなレンズの奥の瞳《ひとみ》がなぜか、希の短パンから伸びた脚に向けられる。

「別に雪下が、嫌《きら》われてるわけってんじゃない。……いやそれならまだ話は早いんだけど」

「なんなんだよ?」

「まあいろいろ、青少年の事情があんだろ。つーか……慣れてる俺でもたまに、心臓に悪いし」

「は……? なにそれ」

意味不明のことを言う内川に、希は形よい眉《まゆ》をひそめる。プロのメイクアーティストが描《か》いたかのようなラインを誇るそれは、特に手入れもしていない。

意味がわからないと怪訝《けげん》な声を出し、大きな二重《ふたえ》の瞳を瞬《またた》かせた希に、聡明な友人は深く吐息するばかりだ。

「生の美形って、結構びびるもんなんだよ」

「んなこと言われても……俺とか、たいしたことないし」

顔の造作については自分の知ったことではないと、希はますます嫌《いや》な顔をした。

顔立ちが中性的であるのはさすがに自覚しないでもないが、普段接する連中がそれこそ芸能人クラスの——中には実際その種の業界で活躍《かつやく》するものもいる——希にすれば、自分ごときでなにをびびるか、という気持ちになるのだ。

「その顔でたいしたことないなんて言うなよ。嫌味だぞ」

だが、目の前の友人が嘆息《たんそく》する通り、希の顔立ちはどうあっても目を引くたぐいのものだ。

繊細なラインの鼻梁《びりょう》とシンメトリックな細い輪郭《りんかく》はバランスよく整い、ことさら印象的なのがうつくしいアーモンド形の大きな瞳だ。さらさらと清潔な漆黒《しっこく》の髪《かみ》と同じ色をした二重の瞳は、やや黒目がちでいつも濡《ぬ》れたように輝《かがや》いている。

それが慣れない相手には気後《きおく》れを感じさせるのだと内川は言うが、希にはよくわからない。

「だ、だって本当に玲《れい》ちゃ、……うちの叔父《おじ》とかの方が」

「その叔父さんそっくりって言われんだろ？　いつも」

それはそうだけどと口ごもりながら、でも違うのにと希は思う。単純な顔の造りだけではない、玲二《れいじ》の持っているあのきれいで鮮《あざ》やかな引力のようなものを、内川は知らないのだ。

（あれはなんて言えばいいんだろうなあ……）

しかしそれを『似ている』と言われる自分が言うと、それこそ嫌味になりかねない。身内びいきでもなく、ナルシスティックなやつだとも思われずに伝える術《すべ》を、口べたな希は持っていなかった。

「あのさあ、生足出すなとか、カレシに言われない？」

黙《だま》り込み、かすかに目を伏せて悩《なや》ましげな顔をすることこそ罪作りなのだと、希はまったく自覚していない。一連の希の表情をなんともつかない顔で眺めつつ、内川はぼそりと問いかけてきた。

その声に希は一瞬だけ剣呑《けんのん》な目を向け、否定もしきれないままに俯《うつむ》き、やはり小声で答える。

「……言われた」

実際その件で昨晩も、内川言うところの『カレシ』である男と、くだらないことこの上ない喧嘩《けんか》をしたばかりなのである。

体操服に包まれた細い身体もまた、男になりきれないラインを保っている。そもそも希は骨が細く硬《かた》い筋肉のつきにくい体質で、おまけに体毛もどこもかしこも薄《うす》く、ないに等しい。日焼けしないすらりとした脚《あし》は、女子のように脂肪《しぼう》で覆《おお》われない分だけそのラインをしなやかにして、奇妙《きみょう》な艶《なま》めかしささえも漂《ただよ》っていた。

「あー……だよなあ。目の毒だろう」

希にすれば貧弱なだけのその脚は、単純に男らしくない自分の象徴《しょうちょう》のようで嫌なのだ。

だがそれは、同世代の連中をして間近の接触《せっしょく》を避《さ》けたい——それは主に、もやもやした感情を覚えてしまう自身へのやましさから——と思わしめる結果になっていると、聡明な友人は言葉を濁《にご》しながら告げた。

「だよなあってなんだよっ。内川までわけわかんないことを言うなよ」

「いやいや。……だからそういう目つきもさ。気をつけろって」

きっと希が睨《にら》んでみせれば、その瞳はうっすらと潤《うる》んでいた。

涙腺《るいせん》が弱いのか瞳が大きいせいなのか、希はなんにつけ涙目《なみだめ》になりやすいのだが、年上の恋人《こいびと》を筆頭として「そういう目をするな」とよく言われるのだ。

(そんな目ったって……どんな目なんだよ)

濡れて澄《す》みきったその双眸《そうぼう》が見るものによっては危《あや》うい情動を覚えさせることなど、希自身はいまひとつわかっていないため、窘《たしな》められるたびに怪訝になる。

「まあまあ。それはいいとして。雪下、身体《からだ》かたくないか?」

「さ、……いきん、うんど、不足……っいた、いたたたたっ」

ましてや話題を変えた内川の気遣《きづか》いなど、まったく通じないまま、しんなりと細い腰《こし》を捩《ねじ》った希は悲鳴をあげてしまう。

「ああ、最近バイト減らしたんだっけ」

「家で勉強ばっかりだから、なまっちゃってるよ」

一通りのメニューをこなしてみると、青息吐息《あおいきといき》の希に対して、内川はけろりと涼《すず》しい顔だ。自他共に認める勉強家の彼だが、体力が落ちて集中できないのは嫌だからと、中学の頃《ころ》から毎朝ジョギングを行っているらしい。

「ジャズバーだっけ。ライブとかやってんの?」

「うん。多いときは週に四回くらいね」

対して希はそんな健全な習慣もなく、この春から通い始めた予備校のレベルは高く課題も大量で、以前とは違《ちが》い夜にはほとんど家にこもっている状態だ。

「名前が変わってるよなー。つけたの店長さん? それともマネージャーの叔父さん?」

「店長……だと思う、よく知らない」

3・14と書いて『パイ』と読む、横浜某所《よこはまぼうしょ》のジャズバーが希のバイト先であり、叔父である玲二の勤め先だ。二年生になった頃、学校をさぼりがちだった希に「ぶらぶらしてるなら手伝いなさい」と、現在の保護者である彼に言われてのバイトだった。

諸事情あって、普通《ふつう》の高校生をやることに倦《う》んでいた希にとって、あの店で働くことはひどく楽しかった。自身の存在について悩んでしまっていた時期、労働による対価を得ることは希にはとてもわかりやすく、自分を必要とされるという実証行為《こうい》でもあったのだ。

しかし、将来的なことを考え遅《おそ》まきながら国公立受験を目指すいまとなっては、さすがに以前のような密なシフトは入れられない。それでもゆくゆくは、あの店にとってなくてはならない人材になるための我慢《がまん》と知っている。

「俺、バイトってしたことないからなあ。楽しい？」

希の少し残念そうな顔をじっと見て、内川は不意に問いかけてくる。3・14について内川が、興味津々《しんしん》、といった顔を見せるのはいつものことだが、少しひやりとした。

最初にこのバイトがばれたときにも『行ってみたい』などと言われて慌《あわ》てたこともあるが、どうやら彼はいまだに仕事場探訪を諦《あきら》めていない気配がある。

「楽しいけど、大変でもあるかなあ……」

連れて行けと切り出されないうちにと、なにげない顔を装《よそお》いつつ希は慎重《しんちょう》に言葉を選んだ。

「ギャルソン仕事って結構体力勝負だしさ。あの店、セッティング変更《へんこう》もしょっちゅうだったから、肉体労働ができないとだめだし」

そう華《はな》やかなばかりでもないのだと、筋がつりそうな腕《うで》を回しながら希が答えると、内川は「ふうん」と鼻を鳴らした。

「んじゃ雪下の休み癖《ぐせ》って、虚弱《きよじやく》体質なんじゃなくてやっぱりそれが理由か」

「うっ……な、内緒《ないしよ》で」

色白で華奢《きやしや》なため、一見すれば希はひどく病弱に見える。しかし実際にはひとよりも健康なくらいで、年間を通しても滅多《めつた》に風邪《かぜ》をひくこともないのだ。

学校にあまり真面目《まじめ》に来なかったのは、昨年の春までいろいろな事情で希自身の精神状態がよくなかったことに理由があった。

ひとに言えないトラブルも多数あったのは事実で、だが本当に体調が悪いわけでもないのにさぼっていたことについては、もともと生真面目《きまじめ》な希には少しばかり良心が咎《とが》めるものがある。

「まあ、筋肉むきむきの雪下ってのも想像つかないけど」

「……すいませんね貧弱《ひんじやく》で」

おまけにここしばらく、突発《とつぱつ》で休む時には大抵《たいてい》、一回り近く年上の恋人との怠惰《たいだ》な時間にたゆたったツケを身体に支払《しはら》わせているせいなのだ。

「貧弱って……そういうんじゃないけどさ。人間やっぱり、イメージってもんがあるじゃん」

「なんだよイメージって」

追及されればいささかどころでなく気まずく、そのため希の返事もだんだんと小さなものになるが、さらりと笑った内川はまた奇妙なことを言い出す。

「いやだってUnbalanceのノゾムにはやっぱさあ——」

「わわわっ、うっちー、内川、声おっきい！」

大慌《おおあわ》てで唇《くちびる》の前に指を立てれば、誰《だれ》も聞いてないよと内川はさわやかに笑った。

「わかりゃしないって」

「そ、そうだけどさ……」

希が幼い頃にはブラウン管の中で歌い踊《おど》る『チャイドル』として活躍《かつやく》していたことを知るものは、ごくわずかな身内とそして、いま目の前にいるクラスメイトくらいしかない。むろん希自身も、口外してはいない。

引退して七年も経《た》っていれば、過去のアイドルなど覚えているものもいないに等しく、まして成長著《いちじる》しい思春期の変貌《へんぼう》は大きい。

当時の、ミルクとマシュマロでできたふわふわの甘いお菓子《かし》のような少年アイドルと、一見は冷たくさえ見える怜悧《れいり》な顔立ちの現在の希とはあまりに印象が違う。

身長も三十センチ以上は伸《の》びて、あの『ノゾム』と希を結びつけることも難しいだろう。

また『Unbalance』は現在では三人の少女ユニットとして活躍しているし、実質そうなってからの方がグループの芸能界歴は長い。

先だって脱退《だったい》したばかりの、もとリーダー水見柚《みずみゆう》であればまだ、ひとの記憶《きおく》に新しいだろう。だが、そこは流行廃《はやりすた》りの激しい芸能界。ほんの子どもだった初期メンバーの顔までいちいち覚えている人間は滅多にない。

「みんな覚えちゃないよ、そもそもが。俺の場合は特例だって」

「まあそれはそうなんだけど」

内川の言葉通り、希自身をよほどよく観察するだけの距離《きょり》になければ、まず見破られることもないだろう。彼のように記憶力のいい青年がマニアックなファンで、なおかつ現在クラスメイトであるというのは、ほとんど奇跡《きせき》的な確率に近い。それもよくわかっているから希もさほど心配はしていないのだが、やはり取り沙汰されるような事態は避けたかった。

「あ、ほら集合。急ぐぞ」

「うん」

ストレッチを終えると同時に校門前に集合をかけられ、時間内に十周はするようにと鬼《おに》教師から言われた途端《とたん》、誰ともつかないブーイングがあがった。

「うええっ、死ぬ！」

「この程度じゃ死なん！　よしんば死んだら骨は拾ってやるから行ってこい！」

しかし学校において教師の命令は絶対だ。まして内申書のかかった受験生であれば、ひいひいと言いながらも走り出すしかない。

内川にペースを作ってもらいつつ、希も浅く息を切らしてコースを回る。

(本当に走り慣れてるなあ)

ちらりと振《ふ》り仰《あお》いだ隣《となり》を行く友人は、希の速度に合わせながらもマイペースなリズムを崩《くず》さない。呼吸のリズムもストライドも一定の内川には感心するような気分になった。

(毎朝ジョギングしたあと、予習して学校に来るって言ってたっけ……えらいよなあ)

勤勉なことだと思うが、内川のすごさはそれを当たり前とこなしてしまうことだ。

すっかり見上げる角度に慣れてしまった理知的な顔立ちを見るともなしに眺《なが》めていれば、学校の敷地《しきち》外を半周したあたりで、きゃあっとかしましい女子の声があがった。

「あっ、内川だー！　雪下クンもいる」

希が声のした方を見やると、校内と歩道を仕切った植え込みから一段高い位置、調理実習室の窓から数人の女子が手を振っている。いずれも知らない顔ばかりだ。

「雪下クン、頑張《がんば》れー」

きゃあきゃあと手を振られて、騒《さわ》がしい女の子は苦手な希は困った顔で俯《うつむ》くしかない。しかし気にした様子もないまま、そのうちのひとりが大きく声を張り上げる。

「内川、ねー！　あとでこれ食う？　今日、パン焼いてるからぁ！」

「久保《くぼ》っ、女子が『食う』とか言うな！　それから呼び捨てもすんな！」

「うるっさいよー！　いるのいらないの？」

小言めいた言葉にきいっと声をあげた彼女へ、「パンはもらう」と叫《さけ》び返して内川はそのままなにごともなかったかのように走っていく。

隣に並びながら、希は「さっきのって」と口を開いた。

「違《ちが》うクラスだよね？　知ってる子？」

「あ？　ああ、一年の時の知り合い」

内川は顔が広い。さらっと言ってのけるが「知り合い」という言い方から、多分彼女も同じクラスであったとかそういう繋《つな》がりではないだろうと希は察した。

「実はもてるよね、うっちー」

「話しやすいだけだろ？　もてるってんなら鷹藤とか、雪下だってそうじゃん」

「俺は声なんかかけられないよ」

希は曖昧《あいまい》に笑ってみせつつ、クラスの分かれた友人の愚痴《ぐち》を思い出す。

――あいつさあ、ほんっとこの手の話、余裕《よゆう》なんだよなあ。

鷹藤は派手目のハンサムで、甘ったるい雰囲気《ふんいき》と明るい気さくさ、そしてスタイルのいい長身とあってなかなか人気がある。しかし、内川のように淡々《たんたん》としている方が実際にはもてているのだと、その鷹藤本人がぼやいていたことを彼は知らない。

「気後《きおく》れしてんだろ？　雪下って尋常《じんじょう》でなく、顔もきれいだしな。さっきの久保も、あがっちやって話しかけられないって言ってたぞ」

「……なんで？　俺さっきのひと知らないよ」

呆《あき》れたように言ってみせる内川こそ、自覚がないじゃないかと希は苦笑《くしょう》した。

「自分のことわかってないなあ」

（わかってないのはどっちがだよ）

内川はクールでいながら穏和《おんわ》な性格で、男女の分け隔《へだ》てなく淡々と接する態度が感じいいと、以前から女子に人気があった。しかし半年前には希と同じほどの身長で、まだひょろりとした地味目な印象があったため、そう騒がれる存在ではなかったのだ。

だがそもそも十代の男というのは、頼《たよ》りになるタイプ自体がかなり少ない。希が内川に些細《ささい》なことでもつい頼ってしまうのも、あの淡々と落ち着いた雰囲気によるものだ。

（頭いいし、冷静だし、しっかりしてるし。愛想《あいそ》はないけど、いつも機嫌《きげん》が変わらないし）

希自身がひどく世間慣れしていないことを差っ引いても、内川の持つ安心感は万人《ばんにん》が認めるものである。

こと、男のやさしさには敏感《びんかん》な女子には、その頼《たの》もしさは倍増しに見えることだろう。

おまけにこのところ一気に身長が伸びた彼は、その顔立ちまでも男らしい変化を見せている。純和風のすっきりとした目元は涼《すず》しげで、派手ではないけれど充分端整《じゅうぶんたんせい》な造りをしていた。

学年で常に首位の成績を誇《ほこ》り、国立理系ストレートを目指す内川のお買い得度指数は鰻登《うなぎのぼ》りであるが、本人まったく気にしていない。その衒《てら》いのなさも、これまた評判がいいのだが。

（さっきの子もなー。明らかに内川狙《ねら》いなのに）

自分などものついでで、完全に内川にだけその視線を向けているのに、なぜ本人は気づかないのだろうと希は不思議だ。

恋愛《れんあい》に必死な女の子たちは非常にわかりやすい。それは希自身が、やはり必死で追いかけ続けている相手がいるせいで、その手の感情に敏感になってしまったという事情もあるだろう。

だが好意を向けられることに関して、同世代の男連中は案外と鈍《にぶ》いのだ。

まあ確かに彼女らのように、照れ半分でわざと男っぽい物言いをしたり、意識してないよという顔をされれば、当事者にはわかりにくいとは思うのだが。

「……だからって、わかりやすすぎるってのもなあ」

露骨《ろこつ》すぎる態度というのもこれはこれで困りものだと、希は走りながら嘆息《たんそく》する。目ざとくその落ちた肩に気づき、内川は振り返った。

「なんか言った？」

「な、なんでも、ない」

うっかり恥《は》ずかしい記憶を思い出していた希が言葉につまると、内川はすっと目を眇《すが》める。

「おい、マジで息あがってるのか？　なんかペース落ちてない？」

「う、……だ、だいじょぶだけど」

驚《おどろ》いた声の内川に、遅《おそ》いぞと言われて希は薄《うす》く頬《ほお》を染めたまま、怠《だる》い脚《あし》を急がせた。

「身体《からだ》なまるったって、えらい疲《つか》れようだな。そんなにハードなのか？　そっちのコース」

「い、いや。塾《じゅく》とか予備校とか、慣れてないから……それだけだよ」

受験勉強のストレスは、実際に身体を動かすよりもよほど体力を奪《うば》っていくものがある。だが同じ予備校で、国立理系コース選択《せんたく》の彼が希よりもはるかにきついカリキュラムをこなしているのを知っているだけに、甘えたことを言いたくはなかった。

（それになあ）

心配そうに見つめてくる友人の顔をまっすぐに見られないまま、この重い身体の理由に嫌《いや》というほど思い当たる節のある希は、ただ黙《だま》って顔を赤らめた。

受験を理由に3・14でのバイトを減らし、立ち仕事だったおかげで知らず知らずついていた体力も、慣れない生活と勉強のストレスでがっくりと落ちた部分があるのは否《いな》めない。

だが今日の体力のなさとそして——気づかれないようにしてはいるけれども、どうしようもなく腰《こし》がつらいその理由までは内川も思いもよらないだろう。

「っていうか、だいじょぶだから」

心配いらないから、なんなら先に行ってくれと告げつつ、希はちくちくと咎《とが》める良心の疼《うず》きに笑《え》みを引きつらせた。

いくら『カレシ』がいること、それが高遠信符《たかとおしのぶ》という、業界では著名なサックスプレイヤーであることまでも知っている相手とはいえ、夜の事情をストレートに打ち明けるほど、希は恥《はじ》知《し》らずではなかった。

（エッチしすぎて腰がくがくなんて……言えないって）

生足うんぬんのくだりで思わず黙り込んだのもそのせいだ。普段《ふだん》は冷静な顔ばかり見せるくせに、情熱的な恋人《こいびと》が肌《はだ》に残す口づけの痕《あと》は、いま走りながらもじんじんと響《ひび》く部分の周辺に残されている。

艶《なま》めかしい痕を、見える部分につけるのは勘弁《かんべん》してくれと頼み込んだせいで、昨晩は逆にいろいろしつこくされてしまったという恥ずかしい事情があるのだ。

（なんか高遠さんも、意地になった感じだし――）

それに、このところささやかに口論めいたやりとりが起きる理由はもうひとつあるが、とてもじゃないが目の前の彼には言えたものではない。

「ま、無理しないでゆっくり来いよな。じゃあ俺、先に行くから」

「うん」

走りにはそれぞれのペースがあって、遅い人間に合わせるのも結構疲れるものだろう。

ぎりぎりまでは希につきあってくれた内川も、やや無理を感じたのか軽く手をあげ、ぐっとその長い脚に力を入れた。あっという間に広い背中が遠くなるのを眺めつつ、希は感嘆した。

「うわ、速。……やっぱすごいなあ」

面倒見《めんどうみ》のいい彼には感謝と感心を同時に覚える。希も自分のペースを作り直してせっせと走っていれば、うしろから追い抜《ぬ》いていく数人に声をかけられた。

「雪下、無理すんなよー」

「身体気をつけろよな。ばてたら言えよ」

「あ、うん。ありがと」

二年生まで休みまくっていたことを、なぜか新クラスになっても皆《みな》知っていて、毎度体育や行事の折りには気を遣《つか》われてしまう。ひと慣れないせいで不安になることもあるが、ふとした折りにはこんな風に声をかけられることも多いから、特に疎《そ》外感《がいかん》は感じないでいる。

人見知りで口べたな希が浮《う》き上がらないでいられるのも、男女問わず人望の厚い内川が仲良くしてくれているからだろう。

進路選択でクラスが分かれた鷹藤や叶野も相変わらずいい友達で、休みの日などは都合がつけばたまに遊んだりもする。物心つく前から芸能界などという特殊《とくしゅ》な環境《かんきょう》に放《ほう》りこまれ、おかげでさまざまに嫌な目にあってきた希は、いまやっと同年代の友人とつきあう楽しさを満喫《まんきつ》している。

中でも、希自身の事情——主に、恋人であり憧《あこが》れの相手でもある高遠との関係を見透《みす》かしていた内川には、さまざまなことで助けられていると思う。

(つきあってるってばれてたの、知ったときは、びっくりしたけど)

かつて、ある人物から脅《おど》された経験もあったため、希は高遠との関係について、できる限り慎重《しんちょう》にふるまっているつもりだった。

希自身は一切《いっさい》その手のことを匂《にお》わす発言をしたことはなかったし、それどころか普段学校で交《か》わす会話の中では、慎重に、高遠の名前さえも除外するようにつとめていたくらいなのだ。

それが内川はごくたまに、学校まで迎《むか》えに来た時の高遠と希の姿を見て、その態度や雰囲気のみで察したというのだから、その勘のよさには呆れるような驚くような気分になる。

最初はひどく戸惑《とまど》ったが、同性の恋人、しかも一回りも年上の相手がいると知っても、内川の希に対しての態度はまったく変わらなかったことには本当に安堵《あんど》し、また感謝もしている。(嘘《うそ》はついてないけど、隠《かく》し事がないのって、やっぱり楽だし……)

いま現在の希の最大の秘密、もとUnbalanceのメンバーであったことと、高遠という恋人がいること、その両方を知っている内川には、取り繕《つくろ》う必要のない気楽さがある。

——いまどき、クラスメイトの男にカレシいるくらいで驚かないだろ、フツー。

そんな言い方で、あっさりと希を、その恋を許容してくれた内川には、希もすっかり気を許している。予備校もクラスも同じで、近頃《ちかごろ》の希の生活基盤《きばん》にはほとんど顔を出す彼と、勢い一番仲良くしてしまうのも当たり前だと思うのに。

「……それが気に入らないなんて、言われてもなあ」

困ったなあ、と吐息《といき》しながら、嫉妬《しっと》されてまんざらでもない自分を自覚もするから、希は小さな唇《くちびる》を尖《とが》らせるしかできないでいる。

「あんなにやきもち焼きだと思わなかったんだけど……」

昨晩それこそ、見当違《けんとうちが》いの嫉妬混じりに甘ったるくも意地悪に延々といじめられたおかげで、今日は怠くてしかたない。

だが、本音を言えばさして怒《おこ》る気にもなれないのだ。

感情を剝《む》き出しにした高遠は、結局希には、どこまでも甘い感情しか運んでこないものなので。

＊　＊　＊

日常の中で起きる変化というのは実にゆるやかで、渦中《かちゆう》にいる人間には気づくことが難しい。

ことに、受験であるとか親の離婚《りこん》問題であるとか、十代の青少年には一生を左右する大きな出来事が立て続けに起きたあとには、ささやかな物事というのは案外見過ごされがちになる。

たとえば、恋人にもらうキスが前よりもやさしくなってきていることだとか、以前よりもずっと甘い抱擁《ほうよう》や言葉が増えていることなど。

（あれ？　なんか、違う……？）

余裕《よゆう》なく振《ふ》り回され続けてきた希が気づいたのは、いい加減その甘さに慣れた頃合いだった。

高遠の唇は形よく薄いけれど、ひどくやわらかいと希はいつも触《ふ》れられるたびに思う。

それは包むようにしてくる口づけのやり方や、抱《だ》きしめる腕《うで》に広い胸、啄《ついば》む力のこめ方のすべてを総合しての感触《かんしょく》であることは、もう知っている。

だが、慣れたはずのそれらがほんの少しだけ、深さを増したような気がするのはなぜなのか。

「……ずいぶんどきどきしてないか？」

「や……」

シャツの上から胸に手のひらをあてがわれ、心音の速さを指摘《してき》されるとひどく恥《は》ずかしい。耳に直接流し込まれた、なめらかな低音の声もやわらかい響きを帯びているから、希はそのまま溶《と》けそうになる。

こういうときに意地の悪い物言いをするのは相変わらずだと思いつつ、小さな声で希は抗議《こうぎ》した。

「ん、や……う」

抗《あらが》う声を呑《の》みこんでいく唇はさらにとろりとやわらいで、高遠の背中に縋《すが》った指で彼のシャツにきつい皺《しわ》を寄せてしまう。そろそろと口の端《はし》を舐《な》められて、反射的に薄《うす》く唇を開くけれど、まだ中までは踏《ふ》みこまれない。

「たかと、さ……」

「ん？」

焦《じ》らすようなそれに身悶《みもだ》え、きつく瞑《つぶ》っていた目を開けた希は、至近距離《きょり》にある顔立ちにまた心臓を跳《は》ね上げた。

（きれいだなあ）

高遠の顔立ちを一言で表すのに、希はこの単語しか思いつかない。女性的な雰囲気《ふんいき》や柔和《にゅうわ》さは一切ないけれど、シャープに整ったそれはきれいとしか言いようがないのだ。

見つめるだけで胸が痛いような恋人《こいびと》を眺《なが》めた希は、無意識のままそのうつくしい顔へと指を伸《の》ばして、額から頬《ほお》、鼻筋と、触れて確かめるように撫《な》でさする。

彼は全体に色素が薄いようで、その髪《かみ》も睫《まつげ》も、色を抜いたり染めたりしたわけでもないのに明るく、榛色《はしばみいろ》に輝《かがや》いている。細面《ほそおもて》の輪郭《りんかく》に高い鼻梁《びりょう》、やや酷薄《こくはく》な印象のある薄い唇も形よい。

ことに印象的なのが、ほんの少し目尻《めじり》の下がった切れ長の二重《ふたえ》の瞳《ひとみ》だ。これも髪に同じく、驚《おどろ》くほどに色が薄い。

その色合いは、彼が扱《あつか》う楽器——金褐色《きんかつしょく》の流線型を描《えが》く、テナーサックスのボディにも似ているようだ。光彩《こうさい》と瞳孔《どうこう》の境目さえもわかりにくいような、光を孕《はら》めば金色に輝く瞳はどこまでも鋭《するど》く、うっすらと眇《すが》めればそれはひどく淫靡《いんび》な印象にもなる。

端整《たんせい》ではあるが、ほんの少しだけバランスを崩《くず》したようなその色浅い瞳が、高遠をただきれいなばかりの男ではいさせない。何度見つめても慣れないまま、希の胸を苦しくするような危《あや》うさはすべて、この視線の中にこめられていた。

「最近、顔触《さわ》るの好きだな」

「ん、……すき」

無心にあちこちを撫でていても、高遠は咎《とが》めない。希もまた、甘えきった声を出して彼に触れることを、ためらわずできる程度には心を預けている。

「くすぐってえよ」

笑《え》んだ高遠の表情も、少し以前には見受けられないものだった。整った眉《まゆ》から瞼《まぶた》に触れるとふっと反射的に瞳が閉じられ、鋭すぎるような眼光が消えたことで顔立ちの甘さが際《きわ》だつ。

慈《いつく》しむようなそれにどきりとしながら、どうもこの甘さは高遠の渡米《とべい》後からたびたび見られるもののような気がすると希はぼんやり思う。

(高遠さんも、変わった)

甘えであるとか臆病《おくびょう》さ、弱さについて、一言で切って捨てるようだった高遠の容赦《ようしゃ》のなさは、最近ではだいぶなくなった。薄く研《と》ぎ澄《す》まされた刃《やいば》のような、あのひりひりとした気配がないだけで、彼という人間はずいぶんと違って見えると気づく。

「……んっ」

悪戯《いたずら》をするような希へのお返しというように、長くしなやかな指の背で頬を撫でられた。

ぺたぺたと顔中を撫で回しても、高遠はなんということもなさそうなのに、希はそのささやかな接触だけでびくりと背中が強《こわ》ばってしまう。

「なんだよ、口開けて」

「んむっ」

先ほどねだったときにはくれなかったのに、一瞬《いっしゅん》の隙《すき》をつかれてきつい口づけが贈《おく》られる。あたたかく濡《ぬ》れたものが口腔《こうこう》を割って入る感触に目を瞑り、さらに震《ふる》えた希は高遠の長い髪を指に巻いた。

「……するの？」

ソファの上で膝《ひざ》に抱かれるようにしていたけれど、濃厚《のうこう》な舌の愛撫《あいぶ》に力が抜《ぬ》けてしまう。一気にずるずると身体《からだ》が頽《くずお》れて、背中をソファに預けた希が浅い息を切らして問えば、髪を撫でながら笑う高遠から逆に問いかけられた。

「したいのか？」

「んと……」

土曜の半休、午後から訪《おとず》れた高遠の部屋は採光がよく、春の淡《あわ》い光が満ちている。こんな時間からベッドに行くことも、したことがないわけではないが。

「も、ちょっと、こうしてたい、です」

「了解《りょうかい》」

赤くなったまま細い指でぎゅっと胸元《むなもと》を握《にぎ》りしめ、抱っこをせがむようにしながら小さな声で言った希に、高遠も囁《ささや》くようなそれで応《こた》える。

（最近、あんまりゆっくりしてないし……）

毎週末、高遠の部屋に訪れるのは、昨年の夏過ぎから習慣のようになっていたことだ。しかし最近ではそれもなかなか難しくなりつつある。

ここ二週間は連続して訪れることができているのだが、前の週には高遠の仕事があり、さらにその前の週末は希が予備校の特別講義で時間を取られ、会うこともできなかった。

おまけに3・14での常勤アルバイトをしていた頃《ころ》と違い、いまの希はあの店に顔を出すのも週に一度か二度。高遠は高遠で、アルバムが出てしまったことでさらに仕事量が増えたらしく、あのジャズバーでの定期ライブも向こう半年はない。

「高遠さん、今週はお仕事は？」

「ああ。ライブの打ち合わせだな。……といってもステージスタッフとだけしかできないが。なにしろあっちが、いまはまだニューヨークにいるし」

逢瀬《おうせ》の時間が少ないことは、残念であるのは言うまでもない。だが高遠の古い友人でもある、ジャズシンガーとのセッションライブが行われるからの多忙《たぼう》さと聞いている。

「そっか。でもライブは、もうすぐなんだよね？」

リハーサルとかはいいのと問う希に、よくはないがと高遠も苦い顔で答える。

「向こうの連中はエージェントからルーズなのが多いから困る。まあ、ドタキャンだけはないだろうけど。今回はあいつのご指名だったわけだし」

「へえ……」

海外を拠点《きよてん》とするその彼女は唯川真帆《ゆいかわまほ》といい、アメリカデビューを逆輸入された実力派の女性ジャズシンガーである。ライブは見に来いと誘《さそ》われているから、楽しみにしているのだ。

「気まぐれなやつだけど仕事に関しちゃ、信用はできる」

高遠の言う『仕事』とはイベント自体ではなく、真帆の歌唱力においての話だろうと希は察した。実際、彼女はその歌声だけで日本の音楽シーンにそれなりの波紋《はもん》を与《あた》えている。

少し前に流れていた某化粧《ぼうけしよう》品会社のCFで、クレジットもないままの短いフレーズは案外話題になっていた。その上正式なライブとアルバム発売が行われるまでは、プロフィール以外には顔写真などのメディア情報を伏《ふ》せていることも、謎《なぞ》のジャズシンガーとして話題性を高めることに一役買っているようだ。

「インタビューとかそういうのも嫌《いや》がってるんだっけ?」

「だからぎりぎりまで来日しないつもりらしい。面倒《めんどう》なんだってよ、芸能記者にプライベートまで根掘《ねほ》り葉掘り訊《き》かれるのが」

希も数枚のCDを聴いてみたが、女性にしては低く、凄《すさ》まじくパワフルな歌声を持っている。ジャケットに写真はなく、高遠からなんとなく話を聞いているだけだが、気も強いひとらしい。

そしてその気性《きしよう》の激しさは、才能と実力に裏打ちされたものでもあるのだろうと、力強い歌声を耳にした希は感じ取っている。

「チケットができあがったら渡《わた》す。日程は……東京と横浜あわせて三日あるけど、都合のつく

い。

『受験テクニック』とでもいうようなものを教えこまれる授業は、ためにもなるがやや息苦しい。

通いはじめたばかりの受験コースは課題も多く、高校での勉強よりも厳しい部分もある。

「あ、うん。いまのところまだ、休日の講習はなくて」

「今日明日は、予備校はないのか？」

体温を分けあっている時間は、ぬくぬくと甘くて、ひどく心地《ここち》よい。

したサイズのものを選んである。ベッドでもよくそうするように、横抱《よこだ》きに抱《かか》えこまれたまま

高遠の部屋にあるこのソファは、大柄《おおがら》な彼が横になっても平気なように、かなりゆったりと

た、やわらかなものになる。

だからこそ、二週続けての逢瀬は貴重で、広い胸に滑《すべ》らせた指も安堵《あんど》とほのかな熱をまじえ

会えないでいる時間を、以前のように不安がることはないが、純粋《じゅんすい》に寂《さび》しい。

み式の勉強に少し疲《つか》れている部分もあって、余裕《よゆう》もあまりなかったのだと気づかされる。

お互《たが》い頑張《がんば》っているのも知っているし、仕事の邪魔《じゃま》もしたくない。希自身、慣れない詰《つ》めこ

（……ほっと、する）

ぽんと頭に手を置かれて、肩から力が抜けていく感覚に希は微笑んでみせた。

「うん。楽しみにしてます」

の言っておけよ」

希は特に苦手な科目もなく、そもそもが出席日数ぎりぎりだった二年までも、試験での成績は常に学年でも上位に入っていた。

「友達も、あんまり上を目指すわけでなければ、学校の授業の補足程度でいいだろうって」

無理のない範囲《はんい》でやればいいよと、内川に諭《さと》されたときのことを思い出した希が薄《うす》く微笑《ほほえ》むと、身体に巻きついていた腕《うで》が途端《とたん》に強まった。

「――それも内川、か？」

「そう、……だけど」

しまった、と首を竦《すく》めながら上目に高遠を窺《うかが》えば、表情こそ変わらないものの、明らかに気配が不機嫌《ふきげん》そうだ。そこには先ほどまでのあの、なにもかも許すような眼差《まなざ》しがない。

どうやら、最近ことあるごとに希の口から内川の名前が出るのが、高遠は面白《おもしろ》くないらしく、地雷《じらい》を踏《ふ》んだかとひやりとした希は話題を変えようと、必死に笑《え》みを浮《う》かべた。

「え、ええとそういえばね。この間、女子が調理実習で菓子《かし》パン焼いてて、お裾分《すそわ》けに貰《もら》ったんだけど、それが、表面焦《こ》げて中が生焼けで」

「ふうん？」

気のない返事にもまた困った。内川は友人としてただ誇《ほこ》らしくもあるだけだ。だが、せっかくできた友人を自慢《じまん》したくても、口にすれば不機嫌になる恋人《こいびと》相手では難しいのだ。

自分でも狭量《きょうりょう》だともわかっているからか、高遠にあからさまな嫌味《いやみ》を言われたり、怒《おこ》られたりするわけではない。基本的には希の意志を尊重してもくれるし、行動も制限されない。

(でも機嫌悪くなるんだもんなあ)

表情こそほとんど変わらない高遠だが、希にはその変化がよくわかる。ほんの少し眉《まゆ》の角度が変わった瞬間《しゅんかん》、すうっと部屋の温度が下がるような気がするのだ。

「作った子が泣きそうになっちゃって、でも食えなくないって内川が——あ」

もう一度「ふうん」と鼻を鳴らした高遠に希が慌《あわ》てれば、困ったようにつぐんだ唇《くちびる》を指先に引っ張られた。

「なんで途中で黙《だま》る?」

「え、ええと……」

それはあなたの目が笑ってないからですとは言えずに、希はひきつった笑みを浮かべた。

そもそも高遠の嫉妬《しっと》が向けられるのは内川ばかりではない。もともとグループメンバーとして一緒《いっしょ》に活動していた、現Ｕｎｂａｌａｎｃｅのメインである市原菜摘《いちはらなつみ》や、脱退《だったい》した柚、希からすれば『ただのオトモダチ』でしかない彼女らに対してもそうだし、そして。

(玲ちゃんにまで、なんか言いたそうなんだもん)

希の保護者で同居人である叔父《おじ》の玲二にまで敵愾心《てきがいしん》を見せる瞬間まであって、時折不思議なのだ。高遠の嫉妬はまるで見当違《けんとうちが》いなのにと、困ることも多々ある。

だが希にしてみれば、鬱陶《うっとう》しいとか、そういう気持ちになることはない。ただ彼ひとりを想《おも》っているばかりの気持ちを疑われてしまうのかと、そうした小さな不安はあるけれど。

「あの、内川はそんなんじゃなくて」

「そんなって？」

上目遣《うわめづか》いに告げると問い返され、これでは逆に言い訳めいていると希は言葉に窮《きゅう》した。眉をひそめて困惑《こんわく》を滲《にじ》ませる表情に、大人げなさを自認《じにん》する男はさすがに苦笑《くしょう》を浮かべてみせる。

「仲よくしてんだろ。なに話しても名前出るくらいには」

「え、と……はい」

それくらいはわかっていると肩《かた》を叩《たた》かれ、希がほっとしたのもつかの間だ。

「まあ……おまえはともあれ、相手がどう考えてるのかは、微妙《びみょう》だけどな」

「だ、だからうっちーはそういうんじゃなくって、……っ」

吐《は》き捨てるような冷たい声に、やっぱりわかってないじゃないかとムキになって身を起こせば、するりと長い指が滑ったことで希は黙らされてしまう。

「ここ、ばれなかったか？」

「も、……そ」

くすぐるように触《さわ》られたのは、下着のゴムで見えるか見えないかという腰骨《こしぼね》のラインだ。際《きわ》どい場所を撫《な》でられて一気に骨から溶《と》けそうになりつつ、希はなじるように高遠を見つめる。

「まだ、ちょっとひりひりするんだよ……？」

「そりゃ悪かった」

くすりと笑いながら謝られても、誠意が感じられない。長い指でなぞられた薄い皮膚《ひふ》の上には、彼の残した所有の証《あかし》とでもいうものが残されている。

キスマーク程度であればまだごまかしはきくだろう。だが、くっきりと鬱血しているそれは高遠の並びのいい歯が食い込んだ痕《あと》なのだから、見つかればしゃれにならないことこの上ない。

「嚙《か》むことないのに……あっ」

「わざとじゃねえよ」

顔をずらした高遠が、少し傷になったことを詫《わ》びるように、そのくせ嬉《うれ》しそうに軽い音を立ててそこに口づけてきて、希はかあっと赤くなる。

「けど、ここ嚙むとおまえがイイ声出すから」

「だ、出してな……っ、ちょ、ちょっ……と、あ、……ああ」

「ほら、こうなる」

そろそろと舌で撫でられて、かくん、と腰が揺《ゆ》れてしまった。肉付きの薄いそこは敏感《びんかん》で、強くされると普段《ふだん》ならば痛いくらいなのに、こんな風にしつこくされると指の先からぐずぐずに溶けそうになってしまう。

「最近また感じやすくなったか？」

「だ、って、高遠さんが……」

俺がなんだよと笑う恋人の顔を見上げ、希は気恥《きは》ずかしさを覚えて唇を噛む。自分でも身体《からだ》が変わっていくことを実感するだけに、反論しきれないのだ。

骨の形や、胸の先、薄い肉しかつかない、やわらかい腿《もも》のなめらかさ。高遠に触《ふ》れられるまでなんの意味もなかったそれらは、彼の指と唇でセンシュアルな触れあいを教えられ、日を追って過敏になっていく。

「そんな顔するから、心配になるんだろう」

「そん、そんな顔って言われても、……わかんないよ」

自分の肌《はだ》が触れられるためにあるのだと知った。けれどそれは、生まれてこの方『誰《だれ》かのためにある身体』を意識させられてきた女の子のように、誰に対しても放たれるような、あの甘い艶《なま》めかしさを持っているとは希には思えない。

高遠以外にとって、希の身体はなんの意味もない。ただ成長途中の形状を保つだけの、標準より痩《や》せた少年の身体には、希自身なんの価値も見いだせない。

「誘《さそ》ってるみたいな顔するなってことだ」

「っそ、そんなのっ、だって！」

秋波を発していると、誘っていると言うのならそれは高遠のせいなのにと希は顔中を赤らめながら眉をひそめた。この身体の奥にあった、秘《ひ》めやかな甘さを教えたのは高遠で、それを暴《あば》かれていっそ弄《もてあそ》ばれたい気分になるのも、彼がここにいるからだ。

「だって、なんだ？」

　ましてこんな風に体温を感じる近さで抱《だ》きしめられて、ゆっくりと首筋から鎖骨《さこつ》までを、あのうつくしい指に撫でられて、落ち着いていられるわけがない。

「だって、……高遠さんだから、そうなっちゃうんだも……」

「俺か？」

　焦《じ》らすように、シャツから覗《のぞ》いた部分だけをやさしくやさしく触られて、だからもっとほかのところにも触れてと、そんな気分にさせるのは高遠だ。

「もっと、触ってほしく、なる、から……そうして、くれないかなって、思うから」

　こんなたどたどしい言葉でも、高遠を誘えるすべになるならためらわず告げたい。

「そんなの、高遠さんだけだから……」

　ほかの誰にも見せたくない、ただひとりのひとのための身体。そうでありたいと思って小さくかぶりを振《ふ》ってみせると、高遠はどこか苦しそうな、そのくせ嬉しげにも映る表情を見せた。

「そんな必死になって言わなくてもな。おまえのことを疑ってんじゃない」

「じゃあ」

　苦笑に似たそれにどきりとしていれば、頰《ほお》をするりと撫でた高遠は、しかしやはり憮然《ぶぜん》となったまま告げる。

「……けど周りはどうだか知らないだろ」

「だから、それは違うって」

結局は堂々巡《どうどうめぐ》りじゃないかと希が眉を下げると、両手で頬を包まれたまま皺《しわ》の寄った眉間《みけん》に唇《くちびる》を落とされた。額に口づけられるのはなんだか甘ったるくて気恥ずかしい。

「四六時中一緒にいる奴《やつ》に、妬《や》くくらいは勘弁《かんべん》しろよ」

「たかと、……さん？」

「ここんとこ、ふられてばっかりだったからな」

喉奥《のどおく》で笑う彼もまた気持ちを持て余したようなことを呟《つぶや》くから、恥ずかしいやら困るやらだ。

「だ、だって高遠さんも、忙《いそが》しいだろうし」

いくら忙しいとはいえ、互《たが》いにまったく暇《ひま》がないわけではない。時間の空いた隙《すき》に、少しでもいいから会いたくなることもあったけれど、これでも希なりに我慢《がまん》していたのだ。

いまから数ヶ月前の話になるが、アメリカでレコーディングをすることになっていた高遠は、その三ヶ月間の渡米《とべい》のことさえ希に事前に打ち明け損ねていた。

それは、離《はな》れればひどく寂《さび》しがって落ちこむ希を知っているせいだ。高遠に無用の気を遣《つか》わせたと知ったときには自分の幼さが本気で嫌《いや》になったくらいだった。

「邪魔《じゃま》するのは、やだから」

だからその一言を告げる希の声は、少しだけかたくなになる。大人な恋人に手間と心配をかけるばかりではいたくない、そう心に決めているから我慢もするし、努力もしている。

それをどうかわかってほしいと告げる眼差《まなざ》しに、複雑そうに吐息《といき》しながら高遠は呟いた。

「……邪魔、か」

最近また伸《の》びた髪《かみ》をかき上げながら起きあがる高遠につられ、希も同じように身を起こした。

だが、ぽんと彼の大きな手に膝《ひざ》を叩かれて、激しく照れつつもその上に頭を乗せる。

最近の高遠は案外とこういう、甘ったるいスキンシップを仕掛《しか》けてくることが多い。

身体から先走って、言葉足らずに触れあってきた時間を埋《う》め合わせするようなそれを、希もまた嫌《きら》いではない。

(きもちいいなあ)

くしゃくしゃと髪を撫でられていると、自分が猫《ねこ》にでもなったような気になる。けれども、高遠にかわいがってもらえるならペットでもいいやと思ってしまうあたり、相当重症《じゅうしょう》だ。

「プライベートを犠牲《ぎせい》にしてまで仕事をする主義じゃない」

「ん……?」

煙草《たばこ》をふかした彼は、しばらく無言で希の髪を撫でていたが、ぽつりとなんの前置きもなく言う。それがどうやら『邪魔するのは嫌だ』と告げた自分への返答と知って、希はくすぐったく笑った。

「鍵《かぎ》も、やったろ。勝手に使っていいってのに」

「ん、でも」

渡米前に約束の代わりのように渡《わた》されたこの部屋の合い鍵は、結局そのまま持っていろと高遠に言われるまま、希の所有物となっている。しかし希は一度もその鍵を使ったことはない。なぜならばあの鍵を使うということは、扉《とびら》を開けてくれるひとがそこにないということだ。

「高遠さんいないのに、来ても、意味ないから……」

不在を確かめるためだけの訪問などしたくもなかったし、また、彼のための空間にのうのうと上がりこむような図々《ずうずう》しさを希は持ち合わせていなかった。

ぽつりと呟いたそれに高遠は目を細め、軽く曲げた指の背で顎《あご》から首筋までを撫《な》でてくる。

「そういうやつだよな」

「ん？」

ほんの少しその声の中に、諦《あきら》めに似たものが混じった気がして、希はせつなくなった。

高遠に迷惑《めいわく》をかけたり、少しでも彼の邪魔になることをするのは嫌だ。だがそうして遠慮《えんりょ》を見せると、却《かえ》って高遠は複雑そうな顔をするから、どうしていいのか希も迷う。

「まあ、……おまえがいいなら、いい。気にするな」

そう言われてもと首を傾《かし》げつつ、なにかを呑みこんだような高遠の顔をじっと見上げて、希も内心で吐息する。

（また、こういう顔、させちゃった……）

半年ほど前と比べて、高遠はずいぶんとわかりやすくやさしくなった。だがその寛容《かんよう》さと甘さが、なぜか希を時々もどかしくさせるのだ。

(贅沢《ぜいたく》だとは思うんだけど)

からかうような態度や言葉を投げられていた時期には、確かにつらいこともあった。もっとちゃんと胸の裡《うち》を教えてくれと、泣きながらせがんだこともあって、そうして一年。

ゆるやかに変わっていったのは希だけでなく、高遠も同じだ。恋人《こいびと》としてのスタンスはぐっと近いものにはなったと思う。甘えることも、甘やかすことも多分、お互《たが》いに慣れて、どうすれば相手が心地《ここち》よくなれるのかを考えるようにもなれた。

しかし、相手を思った分だけ先回りをしすぎた気持ちが、空回りするときもある。

たとえば、数ヶ月の渡米さえも打ち明けられずにいた高遠のように、希もまた彼の邪魔をしたくないあまり、以前よりも遠慮が増えた。

その心根は、相手の気持ちがわからずに怯《ひる》んでいた時期とはまるで違う。だが表面に出る行動としてはさほどの変化はないのかもしれない。

――やっと少しは、甘えてくれたんだろ。

かつて告げられた言葉の中にも、高遠の中の苦さを知らされた。強引《ごういん》なまでに抱きしめ、恋《れん》愛《あい》に巻きこんだ自分のやり口に、高遠は必要以上に責任を覚えているようだ。

同世代と希が触《ふ》れあうことで、その熱病のような感情が冷めてしまうのではないか、そう案じるからこそそのあの嫉妬《しっと》だということも、なんとなく察してはいる。

（でも、そんなんじゃないんだ）

強引な高遠が怖《こわ》かったのは、はじめだけだ。この恋が、彼に仕向けられたからこその錯覚《さっかく》などではないと、希はちゃんとわかっている。

高遠に憧《あこが》れて、焦《こ》がれて、あの腕《うで》を求めたのは希とて同じだ。むしろ、幼く無自覚だった分だけ、その純粋《じゅんすい》な思慕《しぼ》は彼よりも強くあったかもしれない。

身体《からだ》で触れあうことを知ったいまとなれば、もうその熱情は歯止めがなく、自身でも空恐《そらおそ》ろしいものを感じるほどだ。必死でブレーキを踏《ふ》んでいなければ、たがのはずれた自分がどんな風に高遠を求めるのかは、あの痛みの多い秋に知らされた。

（難しいな……）

腫《は》れ物《もの》に触《さわ》るように、大事にされたいわけではない。けれど、強くない自分を自覚もしていて、大丈夫《だいじょうぶ》とも言いきれないから、希の表情もまた曖昧《あいまい》なものに変わる。

なし崩《くず》しに距離《きょり》を縮めないように気をつけているのも、甘えてぐずぐずになりたい自分と、そんな風になってこの関係をだめにしたくない自分がせめぎ合っているからだ。

すべてを拒《こば》んで、なにも見たくないとうずくまっていた希が、誰《だれ》かの気持ちを慮《おもんぱか》れるほどに変わったのは、間違《まちが》いなく目の前にいる男の影響《えいきょう》が大きい。

（そういうの、ちゃんと、伝わってる？）

拙《つたな》くてもなにかを与《あた》えたい。そうでなくてもせめて、足を引っ張ることなく傍《そば》にありたいと考えられるようになったのは、高遠がいるからなのだ。だから、彼が案じるすべてはただの杞《き》憂《ゆう》だとそう教えたいのに、どうしてもうまく伝えきれない。

「……高遠、さん」

「なんだ？」

言葉に表すことのできない、複雑な感情を孕《はら》んだままじっと見つめた先に穏《おだ》やかな瞳《ひとみ》がある。

問う声に、なんでもないとかぶりを振《ふ》った。ただ愛《いと》おしいばかりの男へとひたむきな視線を向けると、首を傾げた希の唇を長い指がつまむ。

弾力《だんりよく》を確かめるかのようにしばらくいじられて、ふと悪戯心《いたずらごころ》を起こして指先をそろりと舐《な》めた途端《とたん》、かすかに聞こえた水音が甘いばかりだった接触《せつしよく》に違う色を添《そ》えた。

「んん……」

ゆるやかに口腔《こうこう》へ滑《すべ》り込んできた指が、探《さぐ》るように動く。ぞくりとして瞼《まぶた》を閉じ肩《かた》を震《ふる》わせ、しかし抗《あらが》うこともしないまま長い人差し指の付け根までをくわえた。

「……なあ」

希が再度その瞼を開くときには、瞳は既《すで》に熱っぽく潤《うる》んでいた。囁《ささや》くような声が近づいて、こめかみの生え際《はえぎわ》をかき上げながら高遠が告げたのは、次のような言葉だ。

「また、嚙《か》んだら怒《おこ》るか？」

「……っ」

どこをと問い返すこともできないで、かぶりを振った希はこのあとに訪《おとず》れる行為《こうい》をなぞるように長い指をきつく吸い上げる。

やわらかく唇《くちびる》を開き、舌で押すようにしてその指を解放すれば、濡《ぬ》れた指先の代わりに与えられるものは、同じ熱に蕩《とろ》けた口づけだった。

＊　＊　＊

洗い立てのリネンの上に、ぱたぱたと雫《しずく》が落ちていく。立てた膝の裏にたまっていた汗《あせ》が腿《もも》を伝って流れ落ち、そのむず痒《がゆ》さに身悶《みもだ》える暇《いとま》もなく、さらにと身体が引き寄せられた。

「希、……脚《あし》、こっち」

「んあ、そ……っ、そん、なの」

忙《せわ》しなく腰《こし》を揺《ゆ》すって、深く繋《つな》ぎあった部分をさらに擦《こす》りつけるような動きを覚えて、肌《はだ》の濡れていく感覚にただ溺《おぼ》れる。

日も明るい内からこんなことをしてと、恥《は》ずかしかったのは最初だけだ。

開ききった身体をくまなく探られて、じっと見られて。やめてくれと訴《うった》えても、もうどこがどんな形をしているのか全部知っている相手には聞き入れられるものではなかったし、希も、本当はやめてほしくなどなかった。

「ほら……これ」

「あっあっ……！　あぅ、い……そこいい、そこ、そこっ」

するたびに、好きになる。この淫《みだ》らな行為も、高遠も、そして蕩けて形をなくしそうな自分自身も。

身体の奥が濡れて、その中で高遠が動いている。恥ずかしくていやらしいこの感触に、胸が痺《しび》れるほどの官能を与えられて、内側からなにか違う生き物に変わっていく気がする。

皮膚《ひふ》の境目が溶《と》けていくような気がした。奥まった部分に掻痒感《そうようかん》があって、それが高遠の下生えに粘膜《ねんまく》の入り口を擦られているのだと気づいてぞくぞくする。

（……こんなに）

深く、奥まで入れられて、少し痛くてすごく嬉《うれ》しい。残りのほとんどはもう、どろどろに溶けきったような快楽だけになって、なにがどうなっているのかさえわからない。

よくてたまらなくて、どうにかなってしまいそうで、感覚を逃《のが》そうと腰を捩《よじ》ればそこに、偶《ぐう》然《ぜん》の動きで高遠が触れてしまった。

「ふう、え……っ、ああ、ん！」

「ん……っ？」

身体の中で小さな爆発《ばくはつ》が起きて、弾《はじ》けたそれが尖《とが》りきった先から勢いよく放たれる。

びくびくと腿が痙攣《けいれん》したあと、唐突《とうとつ》に高ぶったまま希は高く声を発して、気づいた高遠が少し淫靡《いんび》に笑うまま覗《のぞ》きこんできた。

「ひっあ、ああ、……あ、ん、……やっめ、……やめて」

わかっているくせに放埒《ほうらつ》の瞬間《しゅんかん》にも高遠の腰の動きは止まらなかった。さらに深く、腰を抱《かか》え上げるようにされれば魂《たましい》まで根こそぎさらわれるようで、悲鳴じみた喘《あえ》ぎが迸《ほとばし》る。どろっとしたなにかがどんどん溢《あふ》れて、身体中が蜜《みつ》のように粘《ねば》った汗で濡れていく。

「あっあっ、はや、はや……いっ」

高遠の動きがさらに速くなって、切れ切れの声をあげながら希は広い背に縋《すが》った。放埒を終えたばかりの甘怠《あまだる》い腰を恋人のそれに合わせて揺らめかせ、その耳元に齧《かじ》りつく。

「あ、いっちゃ、いっちゃ……の？　ね、高遠さ、……いく？　あれ、する？」

「ん……できるか？」

した方がいいのかと涙目《なみだめ》で問えば、片目を眇《すが》めた彼が小さくその背を震わせる。かすれた声にも、手のひらに伝わったその振動《しんどう》にも逆上《のぼ》せあがりながら、希はもう何度か教えられた通りにあの場所へ力をこめ、そしてまた緩《ゆる》ませる。

「う、ん、……んあ、……こうで、いいっ？」

「——……っ、ああ……いい」

そうしながらゆっくりと腰を回すと、高遠の張りつめた筋肉が小刻みに痙攣し、希の中に感じる圧迫《あっぱく》もまたひどくなった。ぐっとなにかがせり上がってくるような感触に、希もまた二度目の波を感じて声をひずませる。

「や、やだ……また、いっちゃう、かも……っ」

きりのないそれが時々怖《こわ》くなる。高遠にされている限り希の情欲はとろとろとした熾火《おきび》となって身を炙《あぶ》り続け、頂点を迎《むか》えたと思えばまだ先がある。

「こわ……怖い……っ」

「なにが怖い？」

すすり泣くような声で訴えたそれに気づいたのか、高遠もまた濡れたような声で問いかけてくる。その声音《こわね》にも感じいったまま、希はふるふるとかぶりを振った。

「なん、なんか、戻《もど》れなくなっちゃ、いそ……で」

体内を穿《うが》たれて迎える快楽の終焉《しゅうえん》、その到達感《とうたつかん》の深さは長く尾《お》を引く。吐精《とせい》する瞬間の刹那《せつな》的なそれとは違い、小さな波形を描《えが》いたままずっと、そのうねりにたゆたったまま戻れない。

「ここ、ここずっと、高遠さんに、しててほしく、なる……っ」

そんな欲求だけの、いやらしいばかりの身体《からだ》になってしまいそうで、恥ずかしくて怖い。半ば朦朧《もうろう》とするままに打ち明けたそれは、途《と》切《ぎ》れ途切れになるたび口づけに吸い取られた。

「……してやるよ」

「うあっ、あ!?」

声と同時に、重いくらいの突《つ》き上げを与えられて希は目を瞠《みは》ったまま痙攣する。

「戻るってどこにだ、希」

「ふあ、やっ！……っあっ、あっあっあっ！」

「もうそんなもん、とっくだろう……？」

　いまさら引き返せるような、そんな浅い関係ではないとうそぶいて、高遠は不敵に笑う。

もしも戻りたいと希が願っても、もう聞き入れる気はないと告げるその笑《え》みに、なぜか安堵《あんど》を覚えた。

大事にされるのも嬉しいけれど、甘やかされるのも本当に、心地《ここち》よいのだけれど。

「欲しがれよ……」

傲然《ごうぜん》と告げられて、胸が震えた。まっすぐに突き刺《さ》さるような激しい熱情が、身体を穿った
それ以上に希を溶かしてだめにする。

「う……んっ、ほ、しいっ」

やさしく甘く、壊《こわ》されたい。そんな相反する気持ちが募《つの》って、彼の望むままの言葉を放つ唇は、どこまでも淫らに濡れて光る。

「もっとだ」

「あ、そんっ、とけちゃ、溶けるっ、溶けちゃう……！」

抽挿《ちゅうそう》を繰《く》り返されるのではなく隙間《すきま》もないくらいに繋がったまま、奥にあてがわれたそれで中をめちゃくちゃにかき回された。心臓も脳も素手《すで》で摑《つか》まれて揉《も》みこまれたような激しすぎる

体感に溺れ、希はもう意味不明の言葉しか紡《つむ》ぐことはできない。

「ぐちゃぐちゃ、なっちゃう……っひあ、も……っもう、……だ、め……！」

泣き濡れた瞳《ひとみ》を凝《こ》らして高遠の頬《ほお》を両手で包んだ。そのままじっと瞳を覗きこむと、最近ではこんな時間にしか見られない、険しい視線にぶつかって震《ふる》え上がる。

射殺すような強い眼差《まなざ》しに貫《つらぬ》かれ、実際に身体の奥もまた深く穿たれて、希はぞくぞくと背中を駆《か》け上がるそれに身悶えた。

こんな風に強引《ごういん》にしてくることが、近頃《ちかごろ》ではセックスの最中《さなか》くらいにしかない。そしてそれこそが高遠の本質にあるものだと、直感的に希は思う。

（――食べられちゃいそう）

穏《おだ》やかな表情の奥にも、やはり高遠はこの危《あや》うさを持ち合わせたままでいると知ってしまえば、なぜか苦しい。

「……だれにも」

「うん？」

この目を誰《だれ》にも見せないで、誰も見ないで。声にならない声で呟《つぶや》き、口づけをせがんだ。強く、痛いくらいに啜《すす》りあげられる舌の疼《うず》きに、自分こそがもっと希は思う。

「ぜんぶ食べて……っ」

骨まで嚙《か》み砕《くだ》いて壊されたいと願って身体を揺《ゆ》すれば、なにか痛みでも堪《こら》えるような顔をしたあと、高遠は片頬で笑う。

「言うか、そういうことを」

いい覚悟《かくご》だと言われた気がしたが、体感に呑みこまれた希にはもう聞こえない。

ただ、首筋に灼《や》けるような痛みが走ったことだけが、最後の記憶《きおく》になった。

＊　＊　＊

ぷかっと煙草《たばこ》を吹《ふ》かした東埜義一《ひがしのぎいち》は3・14の店長である。三十代前半の落ち着きと、端整《たんせい》でやさしげな容貌《ようぼう》は、その長身でしっかりした体軀《たいく》と相まって実に頼《たよ》れる印象がある。

「……それでまた痴話喧嘩《ちわげんか》。くぁー、若いねえ」

「ううっ」

しかし、希がめそめそと泣きついたあとのけろりとしたコメントと、面白《おもしろ》がっているのが丸わかりのにやついた笑みは、まるで悪戯《いたずら》っ子のような邪気《じゃき》のなさを浮《う》かべている。

「あいつ日に日に露骨《ろこつ》になっていくなあ。希も、そういうの許しちゃだめだって言ってるでしょう、お兄さんは」

「許してないですっ！　気がついたらこれですっ！」

真っ赤になりつつ『これ』と希が指さしたのは、無駄《むだ》に巨大《きょだい》な首筋の絆創膏《ばんそうこう》だ。制服のシャツでも隠《かく》れない位置にある嚙み痕《あと》は、あの晩高遠がつけたまま三日も治らない。

久しぶりのバイトの夜、いくら肌寒《はださむ》い時期とはいえ、四月の下旬にタートルネックのセーターはいくらなんでも季節はずれじゃないのかとつっこまれたのがことの起こりだ。

目立つ位置に大ぶりな絆創膏を貼《は》りつけていたため、学校の友人やバイト仲間には「湿疹《しっしん》ができた」と言い張り通した希だが、なにもかもをお見通しの義一相手には見事にすべてを吐《は》かされた。

確かに煽《あお》ったのは希の方だ。自覚もあるし、あの時自分がなにを言ったのかもまったく忘れたわけでもない。噛んだら怒《おこ》るかと言われて、怒れないかもと思った自分も確かに悪い。

微妙《びみょう》にすれ違《ちが》っているような感情を埋《う》め合わせるようにして抱《だ》かれて、それでせめて伝われぱと思った希は、結局甘かったのだろう。

「いやー、いくらなんでも首はないよね首は」

「もうすぐ衣替《ころもが》えなのに……」

だが義一の言うように、いくらなんでも、なのだ。正気に返るなり赤くなったり青くなったり忙《せわ》しかったせいでだんだん高遠はその不機嫌《ふきげん》さを増していき、希は希で慌《あわ》てるあまり、ひどいとなじるほかになにもできなかった。

(そりゃ、強引でもいいとは思ったけど……っ)

毎回毎回、マーキングめいたことまでする必要はないと思う。あげく他人にばれたらどうするのかと焦《あせ》った希に高遠が告げた一言は、本気で不愉快《ふゆかい》そうな響《ひび》きで。

――ばれたらまずい相手でもいるのか？

あんなことを言うなんてあんまりだと、希は思わず涙ぐんだ。

あからさまな痕をつけられたくないのは、高遠との関係を恥《は》じていたり、誰かに気兼《きが》ねしていたりするわけではない。

もしも誰かに見咎《みとが》められて、高遠と引き離《はな》されるようなことにでもなったら嫌《いや》だから、必死で気をつけているというのに、どうにも剛胆《ごうたん》な恋人《こいびと》にはそれがわかってもらえないのだ。

（ばれたらばれたでいいって……そういうことじゃないのに。話が嚙み合わないんだもん）

おかげで逢瀬《おうせ》もなんだか気まずいものになり、希はすっかり落ちこんでいる。

「俺から言ってあげようか？」

「……いえ。結構です」

もっともらしく言ってくる義一を、じとりと希は上目に睨《にら》んで告げる。一見は常識的な大人に見える義一だが、こと高遠と希の件に関しては面白がっているだけなのだ。

「じゃあぼくから言う？」

「もっといらない！」

横からひょっこりと顔を出した玲二に、希は必死にかぶりを振《ふ》った。

「どうせ、この間も、玲ちゃんとか店長が余計なこと言ったんでしょう⁉」

「余計なことって、そんな」

「そうだぞ、希。俺たちは純粋《じゅんすい》におまえを心配してるんだ」

涙目《なみだめ》になった希に、怜悧《れいり》な顔立ちをわざとらしく悲愴《ひそう》に歪《ゆが》めて玲二は「ひどい」と頬に手を当てた。義一はさらにわざとらしく、重々しい表情で頷《うなず》いてみせる。

「ぼくは、希には希のつきあいがあるんだし、大人げなく抱《かか》えこむなって言っただけで」

「そうそう、年の離れたオッサンよりもぴちぴちの青少年の方が希とは話も合うだろうし」

「健全な高校生やってる甥《おい》っこの青春を、むざむざと食いつぶすことはないだろうと」

「将来有望な若者との出会いと可能性を邪魔《じゃま》するつもりかと」

「——……やっぱり言ってるじゃないですかあっ！」

普段《ふだん》は喧嘩ばかりしているくせ、こんなときにはひどく気が合うふたりの見事な掛《か》け合いに、希は目を吊《つ》り上げて叫《さけ》んでしまう。その様子を義一や玲二は面白そうに見るばかりだ。

本気で咎められているわけではないと、希も知ってはいる。

彼ら自身、希の父親からは相当の反対を——それは兄弟間の断絶といってもいいほどの手ひどいものを受けて、なおかつお互《たが》いの手を取ったような関係だから、普通に考えれば相当に甘い許諾《きょだく》を得られているとも思う。

思うがしかし、必要以上に引っかき回して愉《たの》しむのは、いくらなんでも悪趣味だ。

「いいじゃない、恋愛《れんあい》には多少の障害があった方が」

「もうこれ以上いらないっ！」

宥《なだ》めるような、面白がるような義一の声にきいっと怒鳴《どな》って、頼《たの》むから放《ほう》っておいてくれと希は涙目になった。その頭を軽く撫《な》でて、玲二はあやすように告げる。

「……でもね、本当に、同年代とつきあっておいた方がいいと思うんだよ？」

「それはわかってるけど……でも、高遠さんに言うことないし」

「こういう場合はね、大人が責任取るもんなの」

したり顔で告げられて、思わず希は顔をしかめた。

玲二の言うのも実際もっともで、未成年との恋愛については、当人たちがどれほど自由だと叫んでも、その責は大人の側に負わされることくらいわかっている。

「そんなこと言ったって、高遠さんそういうの、ほんとに気にしてるのに」

だが、高遠が責められれば希もまたつらいのだ。口では傲慢《ごうまん》なことを言って希を引きずり回すようなことをする恋人が、案外と繊細《せんさい》に気遣《きづか》うたちであることも、もう知っている。

――そんな相手に手ぇ出して、俺が平気だとでも思ってるか？

希が、玲二や義一に本当に大事にされているのを、あの彼は誰よりも、それこそ希以上に理解しているのだ。だからこその苦い呟きを思い出してしまえば、胸が苦しい。

「ちゃんと、考えてくれてるよ？　俺のことも」

「考えてそれなわけ？　どうだかなあ」

玲二の吐き捨てるような声には反射的にムキになり、希は必死に反論した。先ほど自分こそが「考えてくれない」と怒っていたのは、結局は照れ隠しでしかないし、本当の意味で高遠が責められるのは、希にとってはただつらい。

「それに俺だってもうすぐ誕生日だもん。もう十八だよ」

少なくとも自分が十八歳になれば、法的な意味だけでも咎めだてされる理由はひとつなくなる。だからこそ、この月の終わりに来る誕生日を、希は心密《ひそ》かに待っているのだ。

「そしたら大人が子どもがって言われないでしょう？」

だからあんまりいじめないでと涙目で叔父《おじ》に縋《すが》れば、しかし玲二は容赦《ようしゃ》がなかった。

「年齢《ねんれい》関係ないね。そんくらいの気鬱《きうつ》、抱えておいてもらわなきゃ。うちの希に手をつけて」

「だから、玲ちゃん……っ」

「年がどうこうっていうよりもね。こういうね、人目につくようなことをする神経自体が問題だって言ってるんだよ」

高遠が虎視眈々《こしたんたん》と甥を狙《ねら》っていたことについて「だまされていた」と嘆《なげ》く玲二は、いまでも面白くないものを感じているらしい。表だって反対はしないものの内心では結局、納得《なっとく》してはいないのだろう。

「本当に希のこと考えてるなら、目立つこととか保護者にツッコミする隙《すき》を与《あた》えるような行動を取る方がどうかと、ぼくは思うんだけどねっ」

「……うう」

玲二は希に対してべらぼうに甘い分だけ、高遠への底意地悪い態度を隠そうともせず、ちくちくとした皮肉や嫌味を繰《く》り出す。そしてまたそれが正論であるから、希も言い返せないのだ。

(小姑《こじゅうと》がいびってるみたいだって、高遠さんも言ってたけど)

あんまりじゃないかと恨《うら》めしげに唇《くちびる》を尖《とが》らせていれば、仕方ないと苦笑《くしょう》したのは義一だった。

「ま、叔父ばかの意趣返しは堂々巡《めぐ》って希にツケがいっちまうし、その辺にしときなさいよ」

「……店長だって言ったくせに」

同罪じゃないかと睨んでやれば、玲二に聞こえないよう声をひそめて、こっそりと義一は耳打ちしてくる。

「怒るなよ。だって俺が信符かばったりしたら、あのひと余計バーストするじゃないのよ……」

「まあ、それは」

確かにと希も不承不承頷いて、ぐりぐりと頭を撫でる義一の手を拒《こば》むことはやめた。それでも唇をへの字に結んだままの希に、義一は困ったもんだと苦笑する。

「虫除《むしよ》けどころか、いらん刺激《しげき》と詮索《せんさく》のもとを与えてる結果になってる気もするんだけどねえ」

「……おんなじこと、内川にも言われました」

「ああ、あの秀才《しゅうさい》くん？」

喧嘩《けんか》別れした週末を越《こ》え、しょんぼりとして学校に赴《おもむ》けば、希の首の絆創膏《ばんそうこう》と寝不足《ねぶそく》もあらわな赤い目との因果関係を見事に見抜《みぬ》いた内川に、深々とため息をつかれたのだ。

――フォローはしてやるけどさあ。それちょっとすごいな本当に。

見ている方が照れるなあと苦笑されて、もういたたまれないなどというものではなかった。

「へえ、ちょっと面白《おもしろ》い子だなあ。会ってみたいかも」

「う、……そのことなんですけど」

縋るように義一を見上げ、希はおずおずと、もうひとつの気がかりである事柄《ことがら》を口にした。

「あのう、友だち、連れてきたらだめですよね?」

「は?　ここにかい?」

どうかだめだと言ってくれと思いつつ、上目に窺《うかが》った希の期待は、しかしあっさりとした義一の首肯《しゅこう》で裏切られてしまう。

「そのうっちーくんだよねえ。いいよ?　かまわないから連れといで」

「え。だ、だって内川、高校生で」

「おいおい、自分はどうなの希くん」

「うっ……」

いまさらなにを言うのかと笑う義一にますます困って、希は眉《まゆ》を寄せた。

せめてここで、遊び半分で仕事場に子どもを連れてくるなとかなんとか、義一にもっともらしいことを言ってほしかったのだ。

もう誰《だれ》も頼《たよ》りにならないのか。非常に面倒《めんどう》なことを言われてしまった昼間のことを思い出し、唸《うな》った希は頭を抱えこんだ。

＊　＊　＊

それはこの日の昼休み。クラスが分かれた鷹藤らが、久々に一緒《いっしょ》にと誘《さそ》ってきたため、こっそりと出入り禁止の屋上に忍《しの》びこみ、四人で昼食を摂《と》っていたときのことだ。

「雪下、それどしたん」

「う、うん？」

案の定目ざとい鷹藤が首の絆創膏に気づき、怪我《けが》でもしたのかと問いかけてきた。

「いや、ちょっと湿疹《しっしん》が……」

「なんだよ、かぶれたの？」

いまだに希が虚弱体質《きょじゃく》であると信じて疑わない叶野は、大丈夫《だいじょうぶ》かと心配そうに覗《のぞ》きこんでくる。そのいたわるような眼差《まなざ》しには良心が咎《とが》めて、希は思わず視線を逸《そ》らし、内川に縋る目を向けてしまった。

「……この間、外でマラソンだったからな。虫でもいたんだろ」

目顔でSOSを送った相手は、今朝方吐息《といき》混じりに告げられた言葉に違《たが》わず、あっさりとした声で希のたどたどしい言い訳のフォローをする。

「えー？　まだ寒いじゃん。虫なんかいるかな」

それでも訝《いぶか》った叶野へ、眼鏡《めがね》のブリッジを押し上げた内川は同じ手で摑《つか》んだままのカッサンドを咀嚼《そしやく》しながら淡々《たんたん》と続けた。

「樹皮や花粉でかぶれることもあるし、チャドクガとかいたら洒落《しやれ》になんないぞ、まじで」

「え、そうなの？　チャドクガってなに？」

「蛾《が》の一種なんだけど、強烈《きようれつ》な毒性があるんだ。名前通り茶の木にいるんだけど、同じ科目の椿《つばき》とか、サザンカの木にも潜《ひそ》んでる。成虫でも鱗粉《りんぷん》かぶっただけでかぶれたりするし、体質によっては火傷《やけど》したみたいな状態になるって。雪下は肌《はだ》が弱いんじゃないのかな」

「う、うん。そう、かぶれやすくて」

実にもっともらしいことを告げた内川に内心で拍手《はくしゆ》を送りつつ、希もこくこくと頷《うなず》く。

「ああ！　そういえばあの辺、椿の生《い》け垣《がき》があったっけ」

「木につく虫はえぐいぞ。まめに消毒してないのとかにうっかり触《さわ》るなよ。チャドクガの幼虫に噛《か》まれると、体質によっちゃアナフィラキシーショック起こして、死ぬぞ」

「うっげえ！　気ぃつけよ……」

将来はバイオ関係の研究者になりたいという内川は、受験コースの理科選択《せんたく》では生物を選んでいた。そこでもぶっちぎりの成績を誇《ほこ》っているが、もともと好きらしくなんにせよ虫や動物の生態に詳《くわ》しい。おかげで叶野も疑うことなく、プチうんちくに耳を傾《かたむ》けていた。

（た、助かった……）

おかげで首の絆創膏についての追及《ついきゅう》を逃《のが》れ、ほっとしたのもつかの間。今度は弁当をつついていた鷹藤が「そういえば」と口を開く。

「雪下最近、バイトはあんま行ってねーの？」

「あ、うん。なんで？」

「いやほらさー、春休み。都合つかなくて旅行だめだったじゃんか。だから本格的に受験シーズンになる前にさ、旅行は無理でもゴールデンウイークとか、どっかいかねえ？」

「あ、そうだよ！　おまえまた熱出したとかって言ってさあ。結局三人で行ったけど」

痛いところをつかれ、うっと希は押し黙《だま》る。ちらりと内川を見れば、今度はさすがにフォローができないぞと彼も肩《かた》を竦《すく》めていた。

（なんで今日はこういう、気まずい話題ばっかり……）

春休み、派手作りのわりに渋好《しぶごの》みの鷹藤が、近場の温泉で熱海《あたみ》はどうだと言い出して、二泊《はく》三日のプランを立てていたのだ。だが、いざ日程が近づいて来れば希はとてもではないがメインである温泉に浸《つ》かれる状態ではなかった。

年越《としこ》し前からの約束だった小旅行がだめになったのは、これも見た目にそぐわず情熱的な高遠のおかげだった。

（あんなんじゃお風呂《ふろ》入れないよ）

タイミングもまた悪かったのだ。この年の二月半ば、折しもバレンタインにアメリカから帰国した高遠とは、三ヶ月の間離《はな》ればなれになっていた。

義一の意地の悪い物言いのせいで、もっと長期間——少なくとも年単位の別離《べつり》を覚悟《かくご》していた希には、予測より早い再会ではあった。

それでも、やはり三ヶ月は長い。寂《さび》しさとせつなさに焦《こ》がれていた時間のあとの逢瀬《おうせ》はあまりにも甘く、嬉《うれ》しいばかりのものだったから、ついつい羽目を外してしまったのだ。

不在を埋《う》め合わせるようにずいぶんと激しく求められて、希も否《いな》やを告げるつもりなど毛頭なく、互《たが》いの時間が合えば必ずそういうことになっていたわけだが。

（旅行に行くまで全然消えなかったんだもんな……）

このところの喧嘩《けんか》の種でもあることだが、高遠はどうにもあちこちに痕《あと》を残すのが好きなようで、いくら言っても改めてくれない。思えばキスマークについてもっとも派手に揉《も》めたのは、あの小旅行の一件が皮切りだったのかもしれないと、希は小さく吐息する。

——こんなとこ、ほかの男に見せてんじゃねえよ。

裸《はだか》に剝《む》いた胸を撫《な》でられ怒《おこ》ったような険しい顔で告げられて、そういうんじゃないのにといくら言っても通じなかった。そしてまた、きつい表情を浮《う》かべた高遠は見惚《みと》れるくらいかっこいいとも思ってしまうから、結局は希が悪いのだけれど。

うっかりと先日の夜の顚末《てんまつ》まで思い出し、不愉快《ふゆかい》なのか恥《は》ずかしいのかわからない感覚を嚙みしめていると、怪訝《けげん》そうな叶野の声がかけられる。

「雪下？　どうなんだよ」

「あ、え、……えーと」

どうしよう、とうろたえた希を見かねたのか、内川がまた口を挟《はさ》んできた。

「でもゴールデンウイーク、補講カリキュラムあるかもしれないぞ。希望者だけだろうけど、苦手教科の特講やってくれるんじゃないか？」

「えー、じゃあ、うっちーもだめじゃん」

予備校の特別講習があるかもしれないと内川が告げれば、仕方ないかと嘆息《たんそく》されて胸が痛い。

「ご、ごめんね……」

「しゃーねえよ。俺ら推薦組《すいせんぐみ》みたいにのんきじゃいらんねーもんな」

「その代わり絶対卒業旅行は派手に行こうぜ」

しょんぼりと謝った希に、人生の一大事がかかっていれば当たり前だと鷹藤はけろりと笑った。そうして昼食の時間は予鈴《よれい》のチャイムとともに終わりを告げる。

「えと……あの、ありがと」

それぞれの教室へと戻《もど》る道すがら、前を行く鷹藤らに聞こえないよう声をひそめて、希はクールな横顔の青年へと口を開いた。

「いいけどさ。雪下も、いい加減その辺うまく躱《かわ》せよ」

同じように声のトーンを落とした内川に、別に普通《ふつう》にしてりゃなんてことないんだからと苦《く》笑《しょう》されて、それはそうだがと希は口ごもる。

その気まずそうな顔をじっと見下ろした内川は、今日はいい天気だとでも言うような表情と声で、しれっととんでもないことを言ってきた。

「でもあれだなあ、高遠さんって結構、激しいわけ？」

「そっ！　だっ……は、はげ、激しいって」

突然《とつぜん》の問いに面食《めんく》らうより先、ぼわっと顔が火を噴《ふ》く。

「推察するに、この間の旅行もその絆創膏《ばんそうこう》と同じ理由で、だめだったんだろ？」

あわあわと口を開閉させた希へ、やはり普段と変わらない表情のまま内川は問いかけてくる。

「なあなあ、俺やっぱ、ちゃんと見てみたいなあ」

「み、見るって、なに」

「や、その高遠さん」

「なんでっ⁉」

引きつった顔で思わず上擦《うわず》った声をあげてしまうと、先を歩いていた叶野と鷹藤が「なにごとだ」という顔を見せて振《ふ》り向いてくる。

「あ、な、なんでもない、なんでも」

慌《あわ》ててごまかしひきつった笑いを浮かべた希に、内川もまたにっこり笑いつつ言葉を続けた。

「だってさ。ジャズバーとか俺行ったことないんだもん。生のサックス演奏とかあるんだろ?」

「そ、そうだけど……普通にそんなの、ジャズライブとか見ればいいじゃないか」

雲行きの怪《あや》しさに希がおろおろしていれば、さらに内川の追及は続いた。

「やっぱ、あの店連れてけってのナシ?」

「だめだってば……」

ただ3・14を見てみたいというだけなら、こっそりご招待くらいはできると思うのだが。

(それがなんで高遠さんを見たいにつながるんだか……)

内川はひどく探求心旺盛《おうせい》な部分がある。とにかく気になることははっきりさせたいタチで、しかしさすがに高遠と希の関係についてはプライバシーの侵害《しんがい》であると、理性でカバーしていたようだった。

だが、つきあっていることを知っているとばらしたあとには、好奇心《こうきしん》を抑《おさ》えられなくなったようなのだ。ことあるごとに質問され「見に行きたい」とせっつかれ、希は困り果てている。

「なんでそんなに見てみたいの?」

かすかに眉《まゆ》をひそめて問えば、口元に手を当てた内川はじっとレンズ越しに見つめてくる。

今度はなにを言われるかと顎《あご》を引くと、希は思ってもみない言葉を聞かされた。

「いやさあ。確かに雪下って美形なんだけど、俺的には慣れれば普通のやつ、なんだよね」

「——……は?」

観察でもするような視線に反射的に首を竦めつつ、希はどういう意味だと上目遣《うわめづか》いになる。

「うーん。おまえって喋《しゃべ》る前まではなんか──怒るなよ？　ちょっとよくできた人形みたいで、確かにちょっと取っつきにくい感じはあるんだよ」

「そう……かなあ」

「くだらないこととか言うと、ばかにされそうっていうか」

一見冷たそう、というのは、少し前までよく言われていたことではある。それでなんとなく、いまのクラスでも遠巻きにされているのだろうかとしょんぼりした希の薄《うす》い肩を、そろそろ青年として完成を見せはじめた内川の大きな手のひらが叩《たた》く。

「や、だからちゃんと喋るまでだって。いまはみんななんとなく、雪下が天然なのもわかってきてるし」

「ちょ、天然ってそれひどくない？」

「まあまあ。珍種《ちんしゅ》に慣れるまでは結構、ひとって時間かかるし」

「珍種って！」

どんどんひどくなるじゃないかと目を吊《つ》り上げれば、けらけらと内川は笑う。

「それは冗談《じょうだん》だけど、なんかやっぱなあ。不思議なんだよね」

「だから、なにがっ」

大きな目を輝《かがや》かせながらムキになってしまうから、こうして周りにからかわれてしまうのだと希はわかっていない。面白《おもしろ》そうに目を細めた内川は、落ち着いた声で続けた。

「確かに雪下の雰囲気《ふんいき》って独特だし、ちょっとどころじゃない美形だし、至近距離《きょり》に来ると最初はびびるんだよ。ちょっとくらい勘違《かんちが》いしそうなのも、いるだろうとは思うんだよな」

「勘違いってなんだよ」

すっかりむくれたままきっと睨《にら》んだ黒目がちの瞳《ひとみ》を、興味深そうに内川は眺《なが》める。

「でもそうしてるとめちゃくちゃ普通じゃん。でもって、カレシの高遠さんって、大人だし、結構有名なひとみたいでもあるじゃん？　浮《うわ》ついてるガキでもねえだろうしさ」

「だ、だから内川、カレシカレシって——……」

そうあっけらかんと何度も言わないでくれと情けなく眉を下げる希に、しかし内川はまた爆《ばく》弾《だん》を放って寄こす。

「そんなひとにさあ、あっちこっち治る暇《ひま》もないくらいマーキングの痕をつけさせるほどの、雪下の魔性《ましよう》っぷりが、俺にはよくわかんないんだよね」

「ま、ましょー!?」

単語のとんでもなさに目を剝《む》くが、内川は涼《すず》しい顔のままさらに首を捻《ひね》って言い募《つの》った。

「いや、確かに雪下の生足ってあんまり、健全な高校生男子にはよくない感じだけどさ。そうそう表に出るもんでもなし、普通にしてれば普通だとは思うんだよなあ」

「なまあし……よくな、って、そ」

ごめんなさい意味がわかりません、と涙目《なみだめ》になった希に、ううむ、と内川も首を傾《かし》げた。

「なー、なになに？　生足がなに？」

「え？　エッチな話？」

「なんでもないよっ」

不穏《ふおん》な単語に振り向いたのはやはり叶野で、つられて目を輝かせている鷹藤にもぶんぶんと首を振りながら、希は引きつり笑う。

「つーか、さっきっからふたりでなんの内緒話《ないしょばなし》なんだよう」

「えーっと、……えーと」

混ぜろよと口を尖《とが》らせたふたりのブーイングにあうあうと口を開閉するしか希はできない。思わず横目にちらりと窺《うかが》った内川は「どうする」と小声で聞いてきた。

「今後俺のフォローを当てにしないか、それとも観念して一回店に連れてくか」

「ひ……ひきょーもの……」

「交渉《こうしょう》において、交換《こうかん》条件の提示は基本でしょ？」

隠《かく》し事が多い上に口べたな希は、内川のフォローなしで平穏な高校生活を送れる自信がなかった。そのくらい隣《となり》の青年に頼《たよ》りきっている事実が情けなく――また、だからこそ高遠を苛立《いらだ》たせる一因になってもいるとは気づけないまま――がっくりと細い首を折って、降参の意を伝えたのだった。

＊　＊　＊

そうしてまた日は巡《めぐ》り、希の誕生日まで残すところ二日となったある週末。

3・14店長自慢《じまん》のバーカウンターの周囲には、なぜだかひとが寄りつかなかった。

それは、非常に不機嫌《ふきげん》かつ剣呑《けんのん》かつ凶悪《きょうあく》な空気を振りまく、長髪《ちょうはつ》で長身のサックスプレイヤーがひとり、ただでさえ悪い目つきをさらに険しくしたまま、一言も口を開かず黙々《もくもく》と飲んでいるせいである。

おかげでそのフロア全体の空気までもがどんよりと重い。

「上総《かずさ》、おまえ行けよ」

「やだよ、塚本《つかもと》の方が古株だろ、高遠さんとはなじみだろっ」

古参のアルバイトや店員たちも、戦々恐々《せんせんきょうきょう》としたまま高遠の接客を押しつけあい、普段なら完璧《かんぺき》な営業スマイルを貼《は》り付けている端整《たんせい》な面差《おもざ》しを青ざめさせたままだ。

「えっとー……じゃあ希、希はっ？……ってそうか。だめか」

「……ごめん、今日は」

縋《すが》るような塚本の声に「友だち来てるから」と微妙《びみょう》な笑《え》みを浮《う》かべる希は、ギャルソン姿でいるものの、ほとんどこの日役にたっていない。ごめんなさいと首を竦《すく》めれば、友人がいるならしょうがないと笑って請《う》け負い、塚本は及《およ》び腰《ごし》のまま高遠のオーダーを確認《かくにん》に行く。

（うう、ごめん、塚本……）

その後ろ姿に再度心の中で詫《わ》びていた希は、隣から飄々《ひょうひょう》とした声がかけられても困った顔をするしかなかった。

「――なあ、忙《いそが》しいなら俺、勝手にしてるよ？」

「そうもいかないだろ……」

先だっての交換条件を呑《の》み、義一にも熱烈歓迎《ねつれつかんげい》されてしまったクラスメイトは、ようやく希にOKされた『仕事場探訪』に、興味津々《しんしん》の体《てい》であちこちを眺め回している。

それでも、この大人のための店にそぐわないような態度を取らないのは、さすがだと思う。

（なんか、見た目だけならずいぶん馴染《なじ》んじゃってるっていうか）

ただでさえ顔立ちも理知的で背の高い内川は、私服になるとぐっと大人びた印象があった。カウンター席の近くにある、ふたりがけのテーブルで内川と対面《トイメン》に腰掛《こしか》けた希は、ギャルソンスタイルのままだ。普通《ふつう》ならばバイト中の時間に、友人とのんびり話しこむというのは、少し奇妙《きみょう》な気分だった。

「なんかさあ、あのカウンターって年代物？」

「ああ、イギリスのアンティークなんだって。まるごと輸送してきたらしいよ」

「へえ……それにしても凝《こ》った造りだよな。なんで地下二階なんだ？」

3・14は地上三階、地下に二階のフロアを持つビルの中にある。その地下部分が店舗《てんぽ》であり、地上階は義一の自宅と事務所を兼《か》ねている。

「ライブやると音が漏《も》れるから、苦情防止だって」

繁華街《はんかがい》からは少し離《はな》れた場所にあるとはいえ、近隣《きんりん》には住宅もなくはない。防音のため地下に作られたこの店では、ジャズをメインとしたさまざまな音楽の定期ライブも行っている。

「ふーん。でもいいよな、なんか地下に入ると別世界って感じ」

穏和な笑みを浮かべ、声高《こわだか》にはしゃいだりすることもなく店内の装飾《そうしょく》について質問を投げかけてくる姿は、十代の青年とは思えない落ち着きを見せている。

およそジャズバーなどというものに一度も入ったことがないはずなのに、この妙な場慣れした空気はなんなのだと苦笑《くしょう》しながら、希もそれは確かにと思う。

「入り口小さいから、こんなに広いと思わないんだよね」

小さな立て看板を据《す》えただけのビルの入り口は案外に小さく、そこから地下階段を下りていくとキャッシャー兼《けん》受付のカウンターがあり、その先には広い地下一階のフロアがある。

中心部を円形の吹《ふ》き抜《ぬ》けにしたそこからは地下二階のステージフロアが見渡《みわた》せるが、この日はステージは暗いままの状態で、食事と酒を愉《たの》しむ客の姿があるばかりだ。

「今日はライブないのか、残念」

店内に流れる音楽に耳を傾《かたむ》けながら内川が肩《かた》を竦めるのに、希は苦笑した。

先だっての『交換条件』に関して内川の都合がついたのと、希のシフト日が重なったのはこの日しかなく、それも昨日になって突然《とつぜん》だったため、ライブに合わせるのは不可能だったのだ。

「日が悪かったね。いまの俺のシフト、基本的にライブの日程ははずしてるからさ。ごめんな」

「なんで？」

「セッティング大変なんで、通常営業日の方が楽なんだよ。いまは下のフロア、テーブルが入ってるだろ？　あれをライブのときには減らして、ステージの方にしつらえなおすんだ」

へえ、と感心したように頷《うなず》く内川が手にしているグラスは、ただのウーロン茶だ。

「うっちー、飲まないの？　お茶でいいのか？」

たまに誰《だれ》かの家に泊《と》まりに行ったときなどはこっそり酒瓶《さけびん》を持ち込むこともあるから、この彼が本当は結構いける口なのは知っている。自分がサーブするから別にかまわないと告げたのだが、奥まったテーブル席で長い脚《あし》を組んだ内川は、小さく笑った。

「だって雪下の身内の店だろ？　いくらなんでも保護者の目の前でそんな度胸はないよ」

「あんまり玲ちゃんとか、そういうの気にしないよ？」

「うーん。でもさあ、俺って、ある意味イレギュラーで遊びに来させてもらってるわけだし。こういうのってやっぱ、大人のひとのための場所じゃんか。小僧《こぞう》は遠慮《えんりょ》するのが筋じゃない？」

はしゃいだら印象よくないだろ、と内川はあっさり笑ってみせる。勧《すす》めたものの、きちんとわきまえた発言をしてくれる彼にはどこかほっとして、希もまた顔を綻《ほころ》ばせた。

「でも似合ってるよなー、雪下。学校の制服よか、そっちのがはまってるんじゃないか」

「そかな？　ありがと」

店の端《はし》っこで面白《おもしろ》くなさそうな顔をしている高遠が気になりはするものの、やはり気の知れた友人と話しているのは楽しい。一応店の中では高校生であることは――塚本などの長いバイトや、正社員である面子《メンツ》にはばれればれであるけれど――伏《ふ》せているので、学校に関しての話題はどうしても小声になってしまうのだが、内川もそのあたりを気遣《きづか》ってくれるのがありがたい。

「どうも、いらっしゃいませ」

「あ、玲ちゃん。店長も」

くすくすと笑いながら話していれば、頭上から声が降ってくる。見上げればそこには興味深げな顔をしたふたりが立っていて、希が促《うなが》すよりも先に内川は立ち上がった。

「はじめまして、内川です。今日はお邪魔《じゃま》して申し訳ありません」

「おお。これが噂《うわさ》のうっちーくん？　好青年だね」

十代の青年にしては如才《じょさい》ない、そのくせ嫌味《いやみ》もない丁寧《ていねい》な挨拶《あいさつ》と辞儀《じぎ》に、感心した声をあげたのは義一だった。しかしそのけろりとした一言に、内川はさすがに眉《まゆ》を寄せる。

「……おい雪下、おまえ、ここでも俺のこと『うっちー』っつってんのか？」

「あ、ごめ……つい話すときに」

「いいけどさ……アホっぽいからその呼ばれ方、好きじゃないんだって」

わざとじゃないよ、と肩を竦めると、すっかり定番のあだ名に関して承伏《しょうふく》しきれないものの
ある内川は嘆息《たんそく》する。その姿に苦笑して、玲二はやわらかな声で詫びた。

「ごめんね、内川くん。家でいろいろきみのこと聞くから、ついぼくらも」

「ああ、いえ。そんなに気にしているわけじゃありませんので」

頭を下げられて慌《あわ》てた顔をする内川は、手を振《ふ》ってみせる。その姿にやわらかく微笑《ほほえ》んで、
挨拶が遅《おく》れたけれどと玲二は口を開いた。

「あらためまして。希の叔父《おじ》の、玲二です。いつも希がお世話になってます」

「はじめまして、内川です。こちらこそお世話になってます」

大抵《たいてい》の人間が逆上《のぼ》せあがる玲二のうつくしい微笑みにも動じず、大人びた挨拶をする内川に、
半ば感心するとも呆《あき》れるともつかない気分で希はツッコミを入れる。

「……俺、うっちーのお世話なんかしたことないよ。いつもされてるけど」

「まあそういやそうか？」

「ちょっとはフォローしろよっ」

それをあっさり躱《かわ》されて膨《ふく》れて見せれば、からりと内川は笑う。

「だってそうだろ。この間もプリント忘れたし。女子に絡《から》まれたのも俺が助けてやったじゃん」

つらっと言われて、希は押し黙《だま》る。最近ではだいぶ治ってきたものの、母親との確執《かくしつ》や、かつてUnbalanceのメンバーだった小さな頃《ころ》、菜摘にいじめられた記憶《きおく》から、希は基本的に同世代の女子が苦手なのだ。

「絡まれて？……女の子に？　なにか、揉《も》めたの？」

「ああ、すみません、言い方悪かったかな。別にやばいことじゃないですよ」

それを知る玲二は心配そうな声を出すが、違《ちが》いますよと内川は苦笑した。

「よくあるんですけど。調理実習のあととか、みんな目当ての相手に食い物渡そうとするんです。それで雪下、うまくあしらえなくなって、なんだか大挙されて囲まれて」

「う……ば、ばらすことないじゃん……」

それはこの店の誰にも言ってなかったのに、と希は情けなく眉を下げる。

「だっておまえが悪いんじゃんか。ほんとは苦手なのに、レーズンマフィン両手に抱《かか》えるくらい貰《もら》っちゃって、断れないでへどもどすっから余計押しつけられてるし」

一見は取っつきにくい希に臆《おく》していた女子連中も、ひとりがOKならあたしもと、集団心理で押しかけたのだ。

周囲を取り囲まれ、好き勝手に一斉《いっせい》に喋《しゃべ》られて目を回しているうちに、あげるあげると甘ったるい匂《にお》いのお菓子《かし》を腕《うで》の中に放《ほう》りこまれ、希はただ困り果てるばかりだった。

「だって、女子ってこっちの話聞いてくれないんだもん……」

ましてその困惑顔《こんわく》を、黄色い声で「カワイイ!」と騒《さわ》ぎ立てられ、本当にあれはどうしたものかと思っていた。

「食えないなら食えないって言えばいいんだよ。結局、鷹藤がひとりで半分以上食ってたけど」

あきれ顔の内川が途中《とちゅう》で強引《ごういん》に引っ張らなければ、それでも食べきれない量になっていたことは否《いな》めない。希は優柔不断《ゆうじゅうふだん》と言われた気がして、俯《うつむ》いたままもごもごと言い訳めいたことを口にする。

「だ、だって悪いじゃないか。くれるっていうのに、いらないとも言えないし……」

「お客さんならうまくあしらえるのにねえ、希」

意外ともてるらしい甥《おい》の姿を聞かされ、まんざらでもない顔で頷く玲二はひどく楽しそうに告げる。その言葉に、にやりとした内川は、さらにからかうような声を出した。

「へえ、そうなんだ。お姉様の相手ならいけるわけ？　雪下って」

「ちょっと、やらしい言《い》い方すんなよっ」

気の置けないやりとりを実に微笑ましそうに見つめた義一は、同じような表情を浮《う》かべたままの玲二を軽く手招く。

「あんまり俺らが邪魔しても悪いだろ。おかまいできないけど、ゆっくりしていってね」

「あ、はい。ありがとうございます」

じゃあね、と会釈《えしゃく》して離《はな》れていった大人ふたりに、内川も軽く頭を下げる。

なんだかその雰囲気《ふんいき》がまるで、友人を家に連れてきたかのようなアットホームなもので、淡《あわ》くムーディーな照明に照らされたジャズバーの店内にはあまりにそぐわない。

しかしそのなごやかさに反して、少し離れたカウンター席にいる広い背中の持ち主の気配は、ますます尖《とが》ったものになるのも、希は気づいていた。

(聞こえちゃってる、かなあ……)

ちらちらと、剣呑《けんのん》なものの滲《にじ》む高遠の背中を眺《なが》めた希が落ち着かない気分を味わっていると、視線に気づいたのかほんの一瞬《いっしゅん》だけ髪《かみ》の長い男は振り返った。

「なあ、ところであれ」

「ん？　あ、ああ、なに？」

なにを言えるわけでもないのに、そちらに向けて希が口を開いた瞬間、つんと肩《かた》をつつかれて振り返ると、声をひそめた内川が耳打ちをしてくる。

「あれ高遠さんだろ？　端っこで飲んでるひと」

「う、うん……」

「すげえ、脚なっげー。やっぱかっこいいなあ、近くで見ると。一般人《いっぱんじん》とはオーラが違う感じ」

にやっと笑った表情で告げられ、恥《は》ずかしさのあまり赤くなる。こういうあからさまなからかいを、それもクラスメイトに向けられれば、いたたまれないなどというものではない。

「内川って、意外とミーハー？」

「ん？　俺ミーハーだよわりと。有名人とかフツーに興味あるし」

やめてくれと言うつもりで反撃《はんげき》を試みれば、それがなにかとまた返される。もうこの友人にはなにを言っても無駄《むだ》かと希が嘆息すれば、なんだよとまた肘《ひじ》でつつかれた。

（うう……高遠さんの機嫌《きげん》が、悪い……）

そして案の定、それらのやりとりを冷たい目で見ていた高遠は、希の縋《すが》る瞳《ひとみ》にもむっすりとした一瞥《いちべつ》だけを向け、顔を逸《そ》らした。

「やーでも、ほんとに似てるな。雪下と、叔父さん。叔父さんの方がもうちょい派手だけど」

「そ……そだね」

そのつれない態度にしょんぼりとしつつ、予備校をさぼってまで訪ねてきてくれた友人を無下にはできない。希と同じ予備校だけでなく、内川は特別講習のある別のそれにも通っていて、実のところ夜は忙《いそが》しいのだ。楽しそうな様子に水を差すこともしたくなかった。

（間が悪かったよなあ……）

内心ではひどくうろたえつつも、さてこのあとをどうしよう、と希は困り果てていた。

なんといっても、週末。とくに約束はしていなかったが久々のシフトを入れたこともあって、なんとなくこのまま高遠にお持ち帰りされる気でいた。おそらくは高遠もそのつもりでいるのだろうことは、彼がこの場にいることでわかっているのだが、内川がいてはどうしようもない。

残念だが今夜は諦《あきら》めるか。こっそり吐息《といき》していると、内川の聡明《そうめい》な瞳がふっと瞬《まばた》きをした。

「……あのさ。ひょっとして今夜、約束してたりした？」

「え」

「高遠さん。おまえのこと待ってんじゃないの？」

相変わらず鋭《するど》い言葉にごまかしきれず、あからさまな動揺《どうよう》を滲ませた希に、今度はからかうでなく内川は告げる。

「あのさ、俺のこと気にしなくていいからな。どうせ俺、もう帰るし」

「え、でも……まだ来たばっかじゃん。もうちょっと待ってたら俺、一緒《いっしょ》に出れるよ？」

ほとんど働いていない状態でバイトを退《ひ》けるのも気が引けたが、今日のこれは雇《やと》い主も了承《りょうしょう》している。この日はあと一時間もすれば希もあがりの時間になるため、帰りには適当に内川とファミレスにでも入るつもりだったのだ。

「別にとくに約束とかしてなかったし、いいよ」

だが、その言葉に内川は苦笑《くしょう》してみせる。嘘《うそ》をつくなと、レンズの奥の瞳が光った。

「よくないだろ。おまえさっきから、半分くらい気が散っちゃってるもん」

「う……ご、ごめ……」

あっちに、と内川の長い指がこっそりさしたのは高遠の後ろ姿で、反論もしきれないまま希は顔を赤らめた。

バイト帰りに友だちと食事するのも、それはそれで楽しいかもしれないとは思ったが、確かにこの状態では気もそぞろなままだろう。

「ライブがあれば最後まで聴《き》いてみようかなーと思ってたけど、今日やってないしさ。それにほどほどにしとかないと、終電出ちゃうから。今日、泊《と》まりがけになるって親に言ってきてないし」

「そっか、ちょっと遠いんだっけ」

「つうか、俺んちの最寄《もよ》り駅の私鉄、早いんだよ終電出るの。マイナー線はこれだからやだよ」

だから今度また、と言って立ち上がった内川に、希も頷《うなず》く。連れだって出口まで赴《おもむ》くと、キャッシュカウンターのあたりにいた玲二は帰り支度《じたく》をする内川に「もう?」と残念そうな顔を向けてきた。

「終電なくなるんで。今日はほんとにお邪魔《じゃま》しました」

「ううん。また来てね、遠慮《えんりょ》いらないし。……あと、希のこと、よろしくね」

「あはは。雪下はしっかりしてますよ、大丈夫《だいじょうぶ》です」

さっきはさんざんにからかってくれたくせに、さわやかに笑った内川はそう言って軽く希の背中をはたいてみせる。

「まあ、変な虫つかないように見張ってますんで」

「ちょ、それどういう意味⁉」

案じる保護者へのフォローはありがたいが、しかしその一言は余計だ。おまけになんとなく思わせぶりに、この位置からも視界に入る高遠に向けて視線を流したりするから、希はただ慌《あわ》ててしまう。

「はは。んじゃまたガッコでな」

「ん。ばいばい」

地上までの階段を一緒に上り、またね、と手を振《ふ》って笑いかけた希が店内に戻《もど》ると、穏《おだ》やかに笑う玲二が話しかけてきた。

「すごいいい子じゃない、希」

「うん。もう、あのまんまだよ。学校でも」

友人を褒《ほ》められるのはくすぐったくも嬉《うれ》しく、希は軽く肩を竦《すく》めて笑う。その姿をどこか安《あん》堵《ど》したように見つめてくる玲二の眼差《まなざ》しにも、またほっとする気分になった。

この叔父《おじ》が、うまく世界に溶《と》けこめなかった自分のことを誰《だれ》より案じてくれているのは知っている。とくに話してはいないが、親元を離れている希の事情を察してくれているらしい内川は、だからこそ普段《ふだん》よりも好青年めいた顔を見せてもくれたのだろう。

大人には大人の立場があるように、子どももまたやはり、保護者の前で繕《つくろ》わねばならない顔というものがある。ただいたずらに友人のテリトリーを覗《のぞ》くだけでなく、それをしっかりと立てくれた内川には、希は確かに感謝を覚えた。

「すごくいいやつなんだ。ほんとに。頭もいいし……ほんとはすごいもてるんだよ」

「そうだろうねえ、なかなかかっこいいし。女の子は好きそうだね、ああいう賢《かしこ》そうな感じ」

ちょっと自慢《じまん》したいくらいの友人を、だから衒《てら》いなく希は褒めたのだが、意識の外にいた男がすっと立ち上がるのを横目に見つければ、なにかひやりとしたものを感じる。

（うわ、やばかったかなあ？）

うっかり声を抑《おさ》えるのを忘れていた。とくにまずいことを話していたつもりもないから余計声音《こわね》は浮《う》かれたものにもなっていただろうし、となればこれらの会話は高遠にも丸聞こえになっていただろう。

そのまま長い脚《あし》でこちらに向かってくる高遠は、いつも通りの無表情だ。だがその広い肩先にどうにも剣呑《けんのん》なオーラが漂《ただよ》って、希はなにを言われるのかと首を竦める。

「え……？」

しかし、横を通り過ぎていった高遠は一瞥をくれることもないまま、玲二の前に立った。

ほとんど身内のようなものとはいえ、高遠は客として訪《おとず》れたときには必ず酒代を支払《しはら》っていく。万札を差し出された玲二はその勘定《かんじょう》をしつつも、まるで挑発《ちょうはつ》するような声を出した。

「……もう帰るの？」

「ああ」

「ふうん。はい、おつり」

その間希のことはやはりきれいに無視したままで、戸惑《とまど》うままに背の高い男を眺《なが》めても、高遠は無言で背を向ける。

「あ、あの」

「なんだ？」

少しばかり不安になりながらおずおずと声をかけると、そっけない返事があった。それはまるで、一年前の頃《ころ》のようなつれなさを感じさせて、希はどきりとする。

見下ろしてくる視線は、とくに苛立《いらだ》ったようなものも、不機嫌そうなそれでもない。ただ白けたように冷めていて、それこそが怖《こわ》くなる。

そうしてふと、思い出す。このところずいぶんと見ることはなかったが、基本的に高遠はこういう冷めた目をした男だった。ただ、希に対してだけはこの冷淡《れいたん》さを見せることが減っていただけのことだ。

（……どうしよう）

なにを言っていいのかわからないで凍《こお》りつく。高遠に対してこんな風に身構えるのは久しぶりで、そのことにも驚《おどろ》いてしまうから余計言葉が出なくなった。

目を見開いたまま、不安な顔で見上げていれば、ふうっとため息したのは高遠の方だ。疲《つか》れたような吐息の意味はよくわからなかったが、ささやかなそれにさえもびくりとして、希はますます頼《たよ》りなく眉《まゆ》を寄せる。

気詰《きづ》まりな沈黙《ちんもく》を破ったのは、呆《あき》れたような笑いを浮かべた玲二の声だ。

「おふたりさん。話すならどっか、ひとのいないとこ行ってやって」

「玲ちゃん……」

「希ももう今日は、あがっていいよ。どうせ仕事になんないでしょ」

見るに見かねたという顔で告げるなり、玲二はさっさとその場を去る。

高遠とのことについて、諸手《もろて》をあげて賛成しているわけではないらしいが、結局あの叔父がなにより尊重してくれるのは希自身の意志なのだと知っている。

そこまでで玲二が背を向けたのは、自分でなんとかなさいということなのだろう。背中を押されたからには、希もやはり頑張《がんば》らなければならない。

久方ぶりの冷たい目線に、怯《おび》えている場合ではないのだ。理由がわからないなら、訊《き》けばいいといままでにも何度も言われている。

それにこの日の高遠の不機嫌《ふきげん》さには、思い当たる節もありすぎる。気を取り直して、希はどうにか声を発した。

「あの。着替《きが》えてくる、から」

「うん？」

「待ってて、……帰らないで、くれる？」

言い募《つの》りながら、広い肩《かた》に手を触《ふ》れてジャケットをきゅっと摑《つか》む。ほんの少し怖くて、それでも上目に窺《うかが》った先、高遠は再度の息をついて、しっかりと頷いてくれた。

＊　＊　＊

この夜高遠はめずらしくタクシーを使って自宅に戻った。アルコールには相当に強い彼だが、塚本たちに話を聞けばしたたかに飲んでいたらしく、よく見ると顔色もうっすらと赤い。

「あの、大丈夫？」

「ああ」

帰りの車中でも言葉少ななままで、それは普段からそうなのだけれども、沈黙の重さが希を少し怯《ひる》ませる。部屋に戻ってもそれは続いていて、高遠は億劫《おっくう》そうに長い手足を投げ出し、ソファへと身体《からだ》を沈《しず》ませた。

「お水、飲む？」

「いらねえよ。それより」

こっちに来いと手招かれ、なんとなくまだわだかまりの取れないままに希が近寄ると、焦《じ》れたような所作で長い腕《うで》が伸《の》ばされた。

「あ、あの、ちょ……ん」

引きずり寄せられ、嚙《か》みつくように唇《くちびる》が奪《うば》われる。触れた吐息《といき》は火のように熱くて、アルコ

ールのきつい匂《にお》いが漂っていることに、希はひどく驚いた。

（こんなに酔《よ》ってる高遠さん、見たことない……）

強引《ごういん》にされるのも嫌《きら》いではないが、なんとなくこのまま身を委《ゆだ》ねるのは違《ちが》う気がして抗《あらが》うと、小さな舌打ちが聞こえた。

「なんだよ、嫌《いや》なのか」

「あの、あの、そうじゃなくて……高遠さん、酔ってる、し」

怒《おこ》ったような顔のまま、あちこちに触れられて戸惑う。こんなにひりひりした気配の高遠は久しぶりすぎて、どうしていいのかわからなかった。

「酔っぱらいは嫌いか？」

笑う表情がひどく乾《かわ》いている。触れてくる指も唇も、慈《いつく》しむためではなくなにか、ささくれたものを埋《う》め合わせるようなきついものだ。

見つめる瞳《ひとみ》もどこか尖《とが》っていて、強すぎるそれにたじろいでしまう希を高遠は鼻先で笑った。

「学校ではずいぶん、人気あるんだな」

「そんなんじゃ、な……」

やはり会話は丸聞こえであったらしい。大げさに言われただけなんだと告げてもどこかそれは言い訳めいて、なんだか責められているような気分になる。

いや、実際これは責められているのだろう。

そもそも高遠は、希が同年代の相手と接触《せっしょく》することに少しばかりでなく面白《おもしろ》くないものを感じていると言っていたし、だからこそ希も必要以上に気にしてしまう部分はあった。

だが、だからといって不機嫌になられても対処のしようがない。希にしてみれば彼らは普通《ふつう》の、仲のよい友人でしかない。

むろん、高遠と彼らを比べることはできない。けれども、ひと慣れしない希にとっては、そうした『普通の』ものを長い間得られなかった分だけ、やはり違う意味で大事な存在なのだ。

「怒ってる……の？」

「別に？」

即答《そくとう》されて、嘘《うそ》だと希は思った。無言で咎《とが》めるようにじっと見つめると、自分でもなにかを持て余したように高遠はまた重く吐息する。

「おまえこそ気が乗らないなら、あいつと帰ってもよかっただろう」

「ちょ……っ、なに、それ」

あげくには、興が冷めたように希の身体を押し返して目を逸《そ》らした。その態度はさすがにあんまりだと、希は目を瞠《みは》る。

「内川はそんなんじゃないって、言ってるのに」

徹底《てってい》してそつのない内川の性格は、義一や玲二には大変好評だったが、その隙《すき》のなさもかわいげがないと大人げない男はむっすりした。

「わかるもんかよ……なんだか知らないがひとのことじろじろ見て」

「それは、だからっ――」

高遠が有名人だからミーハーな気分で眺めていただけで、そこに他意はなかったのだ。しかし、そんな風に見られることこそ嫌う高遠相手にどう説明しても不快感は拭《ぬぐ》えそうになく、希が歯がゆくもなにかを告げようとしたときだ。

携帯《けいたい》の着信音が鳴り響《ひび》いて、気まずい会話を打ち切ってしまう。

「電話」

「う、ん……」

間の悪い、と思いながらポケットに忍《しの》ばせていたそれを取り出し、希はそれこそ舌打ちでもしたいような気分になる。

(なんでこのタイミングで……!)

よりによって、高遠とそりの合わない菜摘からのものだ。普段はメールが多い彼女であるが、このところある件について相談を受けているため、時間を見計らっては電話してくることが増えていた。

希はかつて、高遠の目の前で菜摘に唇を奪われてしまったことがある。まったく不可抗力《ふかこうりょく》であった不意打ちのそれを見て以来、高遠は彼女に関しては思うところがあるらしく、名前を出しただけで非常に機嫌が悪くなるのだ。

（そんなんじゃないのに）

Ｕｎｂａｌａｎｃｅに在籍《ざいせき》していた頃《ころ》から菜摘はひどく気が強く我が儘《まま》で、ひとつ年下だというのにそのきつい性格と行動力に振《ふ》り回され、希はよく泣かされていた。

しかしそれが、素直《すなお》になれないあまり、好きな男の子をいじめていた――普通逆じゃないかと思うのだが――という、思春期特有の複雑な心理からだと教えたのは、姉御肌《あねごはだ》の柚だ。

（嫌われてると思ってたんだけど）

しかしそれを知らされたからといって、希はなにを思うこともなく、ただ驚くばかりだった。

七年近く会わない間にすっかり女性らしくなった彼女の唇も、希にはただ困惑《こんわく》を運んだだけだ。それに菜摘にしても、幼い初恋《はつこい》をいつまでも引きずるようなセンチメンタルなタイプではない。

だからやっぱり高遠の嫉妬《しっと》は見当違いだと思うのだけれど、あからさまな現場を見られている分、菜摘に関しては希の分は悪かった。

「――出ないのか？」

「う、じゃ、じゃあ……」

なんとなく背を向けたまま通話ボタンを押すと、のっけから『遅《おそ》い！』と怒鳴《どな》られる。きんと耳の奥が痛くなるような罵声《ばせい》に、別の意味でため息が出そうだ。

『もう、なによ希のばか！　いるなら出なさいよね！』

「ご、ごめん、ちょっと、いま……」

都合が悪いからまた、と言いかけて、しかし耳がひりつくほどに大きな声で怒鳴ったトップアイドルの声が、微妙《びみょう》に鼻にかかっていることに希は気づいた。

「……菜っちゃん、泣いてるの？　どうしたの？」

『うるさいよお……泣いて悪いの!?』

うわーん、と感情の起伏《きふく》が激しい彼女らしく大声で泣き出され、希は吐息しつつも落ち着いてと声をかける。

「悪くないけど、そんなに泣いたら顔腫《は》れちゃうだろ。仕事だいじょぶなの？」

『うえっ……だってさあ、だってさあ……ユウキさん、また浮気《うわき》したんだも……っ』

ああやっぱりこの件か、と希はため息をついた。

ユウキというのは菜摘より四つほど年上の、R&B系統が売りのポップスシンガーだ。そして現在、菜摘が熱を上げている相手でもある。

『あたしが誰《だれ》かとどっか行く話になったって、お互《たが》い自由でいいんだよなとか言うし、俺は理解ある方だからって……浮気する言い訳してんじゃないってのよ！』

一応つきあってはいるらしいのだが、そこは誘惑《ゆうわく》の多い芸能界。あっちこっちで浮《う》き名を流す青年に、一本気な菜摘は結構泣かされているらしいのだ。

『明日出る雑誌なんか、グラシアスのゆりなとすっぱ抜《ぬ》かれてんのよ!?　なんなのよ、あの脳みそが乳につまったような女のどこがいいのよ!!　Fカップがなんだってのよ!!』

「ち、……あ、あのね菜っちゃん」

『あたしはどうせ、胸ちっちゃいわよ！　ウエストだってくびれてないもん！　脚太《あし》いもん！』

「……あああああ。だ、だからね、菜っちゃん。俺に怒鳴ってもさ」

『えっちもさせたのにい……ばかーっ、ユーキのばかあああ!!』

「あの、菜っちゃん……一応俺、男なんだけど」

控《ひか》えめに希は告げるが、巨乳《きょにゅう》グラビアアイドルに対して容赦《ようしゃ》のない罵《ののし》りを向けた菜摘は聞いてなどいない。

(もう、こんななのにさあ……)

このあけすけな会話ときたらどうだろう。希はもはや、菜摘の中では男扱《あつか》いされてなどいないのだ。別に意識されたいわけではないが、なんだか情けなくなってくる。

「そういうことじゃなくて、菜っちゃんには菜っちゃんのいいとこがあるし」

『じゃあどこなのよ！　あたしのいいとこってなんなのよ!?』

「え、えっとね」

力の抜けるようなこれを全部聞いてくれればいっそ、高遠もばかな悋気《りんき》を燃やさないでくれるのではないかと、希は散漫《さんまん》に思いつつともかく宥《なだ》めにかかる。

「いつも頑張《がんば》ってるじゃん。俺もさ、そういうの見てると頑張ろうと思うし」

『頑張ったって色気つかないよう……どうせ顔だってたいしたことないもん』

菜摘にしては恐《おそ》ろしく後ろ向きなことを言い出すあたり、これは本当に落ちこんでもいるのだろう。普段、自信満々の彼女が哀《かな》しげに鼻を啜《すす》っているのはあまりに可哀想《かわいそう》で、希はそっと声をやわらげた。

『あたし、ふられちゃうのかな。遊ばれたのかな……』

「そんなことないよ。菜っちゃんはすごくかわいいと思うよ」

『そっかなあ……』

ぐすぐすと鼻を鳴らして頼《たよ》りない声を出す彼女を、放《ほう》ってはおけない。こと、ユウキとの関係がこじれてからは「全然わかってくんないんだ」と訴《うった》えてくる心情は、希にはあまりに共感できるものでもあったのだ。

それこそ、かつて菜摘と高遠がゴシップ誌にすっぱ抜かれた折りには、希もひどく傷ついたし落ちこんだ。あれは完全に誤解であったが、それでもやはりつらかった。

「ねえ、もう一回ちゃんと話してみなよ」

『うう……そうする』

ただ、ユウキの場合は高遠のときとは違《ちが》い、どうも本当に浮気性であるらしいから、それ以上のフォローをしてやれないのが苦しい。それでも希の精一杯《せいいっぱい》の気持ちは伝わったらしく、小さく笑った菜摘は恥《は》ずかしそうに言った。

『ごめんね、希……いつもこんな話で』

菜摘が希にこんな話をするのは、結局は気の置けない友人がいないせいだろうと言ったのは柚だった。

――あの業界、気を抜くと足下掬《あしもとすく》われるからね。

あの姉御肌の彼女がいた頃には、頼れる相談相手として菜摘はずいぶん甘えていたようだ。しかし、自分の夢を追いかけていった柚に愚痴《ぐち》めいたことは言いたくはないと、菜摘は我慢《がまん》しているらしい。

(菜っちゃんも、寂《さび》しいのかな)

同じグループの麻妃《まき》とはライバル関係にあってそりが合わず、愛香《あいか》はまだお子様なため、秘密を守れて事情を理解してくれる相手と言えば、彼女には希しかいない。

　心を許せる友人がいないのは、本当につらいものがある。その感覚は理解できるだけに、希も結局は菜摘を突《つ》き放しきれないのだ。

「ううん。いいよ。俺でよかったら」

だから本心からそう告げる。声音《こわね》は思っていたよりもやさしいものになり、受話器の向こうではどこかほっとしたような吐息《といき》が聞こえた。

『ありがと。……ごめんね。やさしいね希』

「いいよ、もうそろそろ寝《ね》ないと——」

仕事だろうにと続けようとして、しかし希は言葉を途切《とぎ》れさせた。

(……うそ)

腰《こし》に、長い腕《うで》が絡《から》んでいる。かすかに漂《ただよ》ったアルコールの匂《にお》い、耳元を熱くかすめる吐息。

愕然《がくぜん》と目を瞠《みは》って振り向けば、長い髪《かみ》に隠《かく》れて高遠の顔はよく見えない。しかし、苛立《いらだ》ったような気配が先ほどよりずっと強く、そしてまた胸の上を這《は》い回る指の動きも妖《あや》しすぎた。

(高遠さん、なにしてんの⁉)

まさかそんな、こんなときに。そう思って身じろぐこともできないでいれば、携帯《けいたい》を押し当てた耳からは菜摘の、寂しげな声が聞こえてくる。

『あたし、希のこと好きでいればよかったのかな……』

「……そ、そんな」

多分彼女にしてみれば、感傷的になって思わず放ったものであったろう。しかし、至近距離《きょり》にいてそれだけを聞き取ってしまった高遠にとっては、それは完全な引き金になってしまった。

「ちょ、ちょっと……っま、まって」

「……別に、話してればいいだろう」

思わず通話口を塞《ふさ》いで小声で咎《とが》めたのは、シャツのボタンをはずした指が素肌《すはだ》に触《ふ》れてきたからだ。しかし、しゃあしゃあと言った男が携帯を押し当てたのとは反対の耳に噛《か》みついて、希はざわりと背中を粟立《あわだ》てる。

『──希？　ごめん、なんかあたし、……困らせること言った？』

「あ、……ああ、いや、そうじゃないよ。でも、……っ」

少し長い沈黙《ちんもく》に、そういう意味の「好き」じゃないよと菜摘が苦笑《くしょう》する。気まずい空気に希もまた二重の意味で焦《あせ》りながら、なんとかフォローの言葉を探そうとした。

(や、そんなとこいま、触《さわ》ったら……っ)

けれども、まだやわらかな胸の先を探《さぐ》る指が、腰を撫《な》でていく手のひらが、思考をだんだん散漫にしてしまう。小さく聞こえたのは首筋を啄《ついば》む唇《くちびる》の音で、その感触《かんしょく》と、菜摘に聞こえてしまわないかという不安とで、希の肌は震《ふる》えてしまう。

息をつめて、ついには下肢《かし》の間までを撫で始めた腕をきつく摑《つか》む。

(……やめて)

目顔で縋《すが》り、弱々しく首を振《ふ》っても高遠はそれを聞き入れてはくれない。ゆるいウエストから手のひらが差し込まれ、窮屈《きゅうくつ》な布地の中で気づけば反応しかけたものを強く押された。

(そんな、こんなこと……濡《ぬ》れてきちゃう、のに)

ぷつんとチノのボタンが開かれた。そのまま解放された場所を我が物顔で撫でさする手に、意識のなにもかもを持っていかれそうになる。

『うん、でも、……なんか泣いたらすっきりした』

「それな、ら……よかっ……！」

いきなり電話して怒鳴《どな》ってごめんと、照れたような菜摘の声が遠い。くちっと、下着の中で濡れた音が立って、頬《ほお》が燃えるように熱かった。

（だめ、やめて、……お願い。菜っちゃんも電話、切って……！）

息があがって苦しい。こちらから切り上げようにももう、いま声を発すればとんでもないものになってしまいそうで、手の甲《こう》を噛みしめながら希は必死に堪《こら》える。

指が動く。性器を薄《うす》い布越《ご》しにやわやわと揉《も》み、そしてもう痛いくらいに尖《とが》ってしまった胸の先を、つねっては押し潰《つぶ》す。

「電話。いいのか……？」

ひっそりとした声が注ぎこまれ、ひどいとなじる瞳《ひとみ》を向ける。だが、絡みあった視線の先には酷薄《こくはく》な笑《え》みがあるばかりで、希はじわりと瞳を潤《うる》ませた。

（なんで、こんなこと……っ）

ひどく器用で意地悪なそれに、本当は嫌《いや》だと言ってしまいたい。感じてしまうのが恥ずかしくて、こんなことをする高遠にも、そして快楽に弱い自分の身体《からだ》にも、希は憤《いきどお》りを覚えた。

「……感じるのか？」

ひっそりとした声を注ぎこまれ、当たり前だと精一杯の非難をこめて睨《にら》みつけた。それでも面白《おもしろ》そうに目を眇《すが》め、冷たく睥睨《へいげい》するばかりの高遠にはなんの効果もないようだった。

突き飛ばして逃《に》げればいいのに、それもできない。弄《もてあそ》ばれて、ひどいと思っても拒《こば》めない。高遠に触れられればいつだって溶《と》けてしまう。誰《だれ》も知らなかった場所を暴《あば》いて、このどうしようもない愉悦《ゆえつ》を教えこんだのは、ほかならぬ彼だ。抗《あらが》えるわけが、ない。

『ね、希。もしかして眠《ねむ》い？』

「あ、う、……うん、ごめんね」

相づちが少ないことに気づいたらしく、菜摘はようやく涙声《なみだごえ》を払《はら》って問いかけてくる。もうなにを答えているのかわからないまま、希はかすれた声を発した。

『また電話するよ。愚痴だったらごめん』

「う、ん、……うん、いいよ、……またね、おやすみ」

通話をオフにする瞬間《しゅんかん》にも、どうしようもなく声が震えた。それでも眠気《ねむけ》のせいととったのだろう、おやすみと返す菜摘の声にはなんの衒《てら》いもなく、気づかれずに済んだことにはほっとした。

「……ふ、うっ」

アルコールに甘く爛《ただ》れた吐息を首筋に感じた。力が抜《ぬ》けて、手のひらから携帯が滑《すべ》り落ちると同時に、うめき声が漏《も》れる。頭の中がもう煮《に》えたように熱くて、希は自由になった指を、背後の男の腕に縋らせ、爪《つめ》を立てた。

「なんで……ひど、い……っあ、ああ！」

なじる声には答えはなく、ただ指の動きが速くなる。もうすっかり濡れそぼって膨《ふく》らんだ脚《あし》の間からは、絶え間なく卑猥《ひわい》な水音が聞こえている。

息があがって、胸が苦しかった。体感から来る動悸《どうき》の激しさだけではなく、それはひどい惑《わく》乱《らん》を伴《ともな》って、いつものように甘い気分に少しもなれない。それなのに——感じてしまう。

「いや、そこ、したらいや……いや！」

しっかりと身体を捕《つか》まえられて、もがいても許されないのが、どうしようもなく苦しかった。四肢《しし》をばたつかせても、あの場所を捕《と》らえた指先に震えて、力が抜けてしまう。

下着の中から、擦《こす》られ続けたそれが引き出される。外気に触れてひやりとするのは、そこがもうべっとりになるまで濡れているせいだ。

「もう、きついだろ」

「や、も……っ！　もう、ああ、ああ……！」

肩越《かたご》しに覗《のぞ》きこむ高遠の言葉通り、こうなってしまえばもう、放埒《ほうらつ》を迎《むか》えるまではおさまらない。立ったままがくがくとする脚を擦《す》り合わせ、希は唆《そそのか》す指に負けた。

「んっんっ！……ん！」

びくびくと小さく震え、そのあとで一気に身体中が弛緩《しかん》する。それでも高遠は指を離《はな》そうとはせず、最後までを促《うなが》すように擦りあげてきた。

「あふ、……あ、あう」

ぐったりとしたまま広い胸にもたれ、希はすすり泣くような声をあげた。小刻みに身体が震えるのは、放出のあとのせいばかりでなく、行き場のない羞恥《しゅうち》と憤りが渦巻《うずま》いているせいだ。

「ひど、いよ……」

「なにが」

「電話してたのに……俺、こんなの、やだ……！」

叫《さけ》ぶ声は、先ほどの菜摘よりよほど水気を帯びている。いつもならば甘いだけの快楽の余韻《よいん》も、いまはただわずらわしいような疲労感《ひろうかん》しか覚えさせない。

「……感じたくせに」

「！　って、だって、高遠さ……が」

揶揄《やゆ》の声を吹《ふ》きこまれ、かっとなって振り返る希の前に濡れた手がかざされた。

「俺が？　なんだよ？」

「――……！」

その白濁《はくだく》を纏《まと》う指にも、辱《はずかし》めるような高遠の態度にも同時にひどい衝撃《しょうげき》を受けて希は押し黙《だま》る。自身のいやらしさについて感じる後ろ暗さ、高遠と触れあうときにはほとんど感じることのなかったそれに久しぶりに対峙《たいじ》して、希は言葉を失う。

（こんな……ぬるぬるになって）

高遠のしたことは、あんまりだと思った。けれど淫《みだ》らな手にあっさりと落ちてしまう自分こそが、もっとも腹立たしいと希は感じた。

「……なして」

「希？」

「離して……離せってば！」

見開いた目を潤ませたまま、背後の男を突《つ》き飛ばした。やはりこぼれ落ちてしまった涙を拳《こぶし》で拭《ぬぐ》い、乱された衣服を整えた希は、なんでと唇を噛みしめる。

「なんだよこれ、こんなのやだ！　こんな風にされんのやだ……！」

このところ燻《くすぶ》っていた感情が一気に爆発《ばくはつ》して、希は常にない激しい声で高遠をなじった。しかしそれと同等の熱量の苛立《いらだ》ちを見せて、高遠も冷たく言い放つ。

「おまえが悪いんだろうが」

「なんで!?　俺なにも、怒《おこ》られるようなことしてないもん！」

いくらなんでも今日のこれはひどすぎる。そう思っての抗議《こうぎ》だったが、高遠はおまえが悪いと決めつけた。

「……誰彼かまわず気を持たせるようなことしてるからだろ」

「っ！　そんな、……ひど」

その一言は、先ほど仕掛《しか》けられた行為《こうい》以上に希を打ちのめす。

「ひ、どい……なんで、いつもそうなんだよ……っ」

高遠だから。だからあんな風になってしまうのに。希はほかの誰にも、あんなことを許しはしないのに。

「俺だって俺のつきあいもあるし友だちだっているのに、変な風に疑って、怒ってばっかで……なんで信じてくんないの⁉」

筋違《すじちが》いの腹いせだけで触《ふ》れられるのがひどくせつなかった。それ以上に、淫らな身体をしていると決めつけられたのもまた、たまらなく恥《は》ずかしく、腹立たしかった。

「だったらさっきの電話はなんなんだよ」

「そんなの、相談されてただけだよ！」

ぼろぼろと泣きながらきつい視線で睨みつけても、面白くないような顔をした男は反省する様子もない。あげくには吐《は》き捨てるような声が続いて、希は目を瞠《みは》った。

「俺の前で女口説くような声出すから悪いんだろう」

「菜っちゃんは、そ、も……っ！　もう、いいよ！」

こちらがひどい浮気性《うわきしょう》であるかのような言いぐさに、目の前が真っ暗になる。

もうこれはなにを言っても無駄《むだ》だ。その瞬間ただそれだけを感じて、希は癇癪《かんしゃく》を起こしたように大声でわめき、広い胸を手のひらで突き飛ばした。

「高遠さんのエッチ、スケベオヤジッ……最低！」

歯を食いしばりながら放ったそれは、ひどく子供じみたものになった。けれどももう、なにを言っていいのかさえ思いつかないほどに腹が立っているのだ。

「もう知らない、もう、嫌《きら》いだ……っ！」

こんなこと言いたくないのに。そう思いながら罵《ののし》る言葉を吐き出せば、それはひどく弱い響《ひび》きになる。大きくしゃくり上げる希に、高遠もさすがにうろたえたようだった。

「おい、希……」

だがもう、いまさらなにを言われても聞けはしない。充分《じゅうぶん》すぎるほど希は傷ついてしまったし、少しくらいではこの怒《いか》りはおさまりそうになかった。

「もう、顔見たくないっ！……高遠さんの、ばか！」

泣き声で叫ぶなりもう一度高遠の胸を殴《なぐ》って携帯《けいたい》を拾い上げ、希はそのまま背を向け走り出す。

「おいっ――！」

叫ぶ声がうしろから追ってきたけれども、靴《くつ》を突っかけてそのまま玄関《げんかん》から飛び出した。叩《たた》きつけるようにドアを閉め、大急ぎでエレベーターに乗りこむ。

「ばかやろ……っ」

一階までの動きがひどく遅《おそ》い気がした。きりきりと唇《くちびる》を嚙《か》みしめながら、どうしても零《こぼ》れてくる涙をぐいぐいと手の甲《こう》で拭いとる。

ドアが開いて、また希は走り出した。息を切らし、そのまま高遠のマンションが見えなくなる角まで辿《たど》りついて振《ふ》り向いた瞬間《しゅんかん》、別の意味でも泣きそうになる。

「……追っかけても来ないのかよ……っ」

もう本当に知らない。あんな男、すぐ身体《からだ》でなんとかしようとして、希のことを少しも信じていなくて、嫉妬深《しっとぶか》くて。

思えば最初から強引《ごういん》だった。ひとの話を聞いてくれないし、意地悪で、傲慢《ごうまん》で、冷たくて。

「えっちで、肝心《かんじん》のこと言わないくせに、余計なことばっか言うし、怒るし……っ」

でも本当はやさしいし、甘やかされていると知っている。抱《だ》きしめられると言葉よりなによりも、大事にされているのがわかって、本当に嬉《うれ》しかったのに。

さっきの抱擁《ほうよう》は少しもやさしくなかった。掴《つか》む腕が強くて、痛くてただそれだけで。立ち竦《すく》み、何度も濡《ぬ》れた目元を拭った指を見ると、それは小刻みに震《ふる》えていた。怖《こわ》かったのだと、その震えに気づいてようやく希は思う。

「やだって、言ったのに……」

本気で嫌《いや》だと叫んだのに、少しも許してくれなかった。最後まで冷たい顔をしたまま、ただ嬲《なぶ》るように性感を引き出されたとき、観察されていたようで本当に哀《かな》しかった。

「あんなの、やなのに」

菜摘からの電話を切れと一言、言ってくれればよかったのだ。

自分がいるときは内川の話をするなと、もっとストレートに命令してくれたってよかった。仕方ない気にしてないと言いながら不機嫌《ふきげん》になって、あんな風に怒るまでためこむことだってない。

たった一言。それだけ言われればなんだって言うことをきくのに。どうせ高遠に、希が逆らえるわけがないのに——。

「なんで、わかってくんないんだよ……」

一番哀しかったのは、結局希の気持ちを信じてもらえてなかった、そのことだ。

どうしようもなく好きだから、疑われてこんなに、傷ついてしまうのに。

惨《みじ》めな気分になりながら、鼻を啜《すす》った希はとぼとぼと歩き出す。時折立ち止まって振り返り、やはり誰《だれ》も追いかけてくる気配がないことに、またざっくりと傷ついた。

顔も見たくないと言ったのは自分で、そのくせもう言葉を後悔《こうかい》している。

本当は今日を、すごく楽しみにもしていたのだ。アルバムが出て以来高遠はやはり忙《いそが》しくなったし、店のバイトを減らした希との接触《せつしよく》回数は、去年に比べると激減し、週末にしか会えないのが実情だ。

それに——明後日の日曜日は、希の誕生日でもあった。

とくに教えたこともないから、別に特別なことをするつもりはなかった。それでもやっぱり、高遠とふたりで過ごしたいと思っていたのは希の勝手だけれど。

（十八歳に、なるのに）

やっとなにかの一区切りがつく年齢になれるその日に、高遠と一緒《いっしょ》に過ごしたかった。

こんな気まずいのは、本当は嫌だ。それでも、今回ばかりはこちらから折れてやりたくない。

「ばか……」

呟《つぶや》いたそれはもう、高遠に向けたものか、あの腹立たしい男をそれでもべた惚《ぼ》れに好きな自分に向けたものなのかさえ、混乱した希にはわからなくなっていた。

＊　＊　＊

明けて土曜日。まる一日の間、希は自宅の部屋からろくに出ることはなかった。

大喧嘩《げんか》をした夜、高遠から謝りの電話でもあるかと思えばそれもなく、翌日になっても沈黙《ちんもく》は続いたことに暗澹《あんたん》たる気分になる。

（今回だけは絶対、こっちからは連絡《れんらく》しない）

本気で腹を立てているのだ。そうして決めているくせに、机の上に置いたままの携帯《けいたい》や、家の電話の方をちらちらと見てしまう自分の弱さが嫌になる。

「希、ごはんは？」

「いらない……」

金曜の夜、てっきり週明けまで帰ってこないと思っていた甥《おい》が泣きながらふてくされた顔で帰宅したことに驚《おどろ》いていた玲二は、しかし今回は高遠を怒るような真似《まね》はしなかった。

「信符と、喧嘩でもしたの……？」

あまりにも怒りをあらわにしている希に、逆に毒気を抜《ぬ》かれたらしく、ただ心配そうに問うばかりだ。玲二がその名を呼ぶだけでもいらいらして、ふて寝《ね》した希は布団《ふとん》をさらにかぶる。

「ごめん。しばらくほっといて」

泣き顔を見られたくないのもあったし、実際泣きすぎて頭も痛かった。あまり腹を立てるということがない希だけに、一度怒《おこ》ってしまうとそれは根深いものになる。どこで感情の整理をつけていいのか、さっぱりわからないからだ。

ちらりと窺《うかが》えばもうすっかり外も暗くて、せっかくの休みが無為《むい》に過ぎたことも腹立たしい。しかし、いい加減丸一日も怒り続けていると、人間それすら疲《つか》れて飽《あ》きてくるものだ。

（……そういえば、玲ちゃんも店長も、なんで信符って呼ぶのかな）

頭痛のする頭はぼんやりと腫《は》れぼったく重くて、ふと考えたのはそんなどうでもいいようなことだった。

玲二と義一の間柄《あいだがら》を考えればファーストネームで呼び合うのもわからなくはないが、実のところ高遠と彼らは長いつきあいだが、そうなれあった間柄でもなかった気配はある。

（あ……もしかして）

彼らが知り合った頃《ころ》のことをぼんやりと想像した希は、その当時高遠の親が離婚《りこん》し、彼の姓《せい》が変わったことに思い至った。

高遠の父は日野原奏明《ひのはらそうめい》という著名なヴァイオリニストで、傲岸不遜《ごうがんふそん》を地でいく人物であったらしい。天才と呼ばれたマエストロに英才教育を受けていた高遠は、しかし自らの道を模索《もさく》して現在のサックスプレイヤーになった。

そのために親子も、そして夫婦《ふうふ》間も断絶して久しいと聞いたときのことを思い出し、希は胸が痛くなる。

「喧嘩なんか……したくないのに」

希自身が、親の離婚問題と進路のことでひどく疲れていたあの頃、高遠はとてもやさしかった。不安になるほどのそれが、希の痛々しさを思うあまりのことだったと聞かされたときは少し情けなく、けれど確かに嬉《うれ》しかったのに。

問題がなくなったいまになって、こんなくだらないことで揉《も》めてしまうのはいったいどうしたことなのだろう。

(やっと、平和になったのに)

もっと心穏《おだ》やかに過ごしたいのにと目を閉じ、重苦しいため息を希がこぼした、そのとき。

「――……っ、はい!」

鳴り響いた携帯に対しての反応は恐《おそ》ろしく素早《すばや》く、相手も確かめないまま通話をオンにした希は、一瞬《いっしゅん》で暗い表情を浮《う》かべることになる。

『ども、ひさしぶりー。元気？』

「なんだ、柚さんか……」

ようやくあの頑固《がんこ》な恋人《こいびと》が折れてくれたかと期待しただけに、落胆《らくたん》は激しかった。普段《ふだん》の希であれば決してしないようなその失礼な返答に、柚は怪訝《けげん》な声を出す。

『ちょっとお、ご挨拶《あいさつ》じゃない。なんだってなによ。暗い声出して』

「あ、ご、ごめんなさい、ちょっと……」

怒ったような声を出すのはわざとだろうけれど、失言に希は慌《あわ》てふためく。

自分が落ちこんでいるからといって、他人に当たっていいわけもないのにと、さらにへこみそうになってしまったけれど、『冗談《じょうだん》よ』と笑う柚にあっさり許された。

『なあに？　誰かの電話でも待ってたの？』

「う……」

しかし続いた声の響《ひび》きには、希は言葉をつまらせるしかない。明らかにその「誰か」のことも察していると知れるような、そんな声だったからだ。

『希？　どうしちゃったの？』

「柚さん……」

やんわりとしたハスキーな甘い声は、からかいと同時に心配をも滲《にじ》ませている。弱っていた希にはそれはずいぶんと効いてしまって、じわっと目元が潤《うる》んできた。

『もう……電話するたびへこんでるわね。だいじょぶなの？　あんた』

本当は言うまいと思っていたのだ。外国で忙しくする柚には、あの菜摘さえも遠慮《えんりょ》して愚痴《ぐち》めいたことをこぼさないと言うし、それで希が彼女に頼《たよ》るのは本末転倒《ほんまつてんとう》な気もしていた。

「あの、あのね、……実は」

けれど、ほかに言うあてもないのだ。高遠と希のことを知っていて、今回の当事者でもなく、問題を打ち明けられるのは確かに、柚をおいてほかにない。

「た、高遠さんと揉めちゃったんだ……」

『あらま……どうしたの』

もうどうしたらいいかわからない。完全に泣き言でしかないそれを、希は萎《しお》れた声のまま、とつとつと柚に語りはじめてしまった。

なんだか知らないけれども、ひどい勘違《かんちが》いの嫉妬《しっと》をされて困ること、それが友人であれ菜摘であれ変わらないこと。

違うと言っても少しも聞き入れてくれず、ついに嫌《きら》いとまで言ってしまったこと。

さすがにあのとんでもない意地悪については触《ふ》れられなかったけれど、うまくない言葉を選びながら希が一通りを言い終わるまで、柚は相づち以外の一切《いっさい》を発しなかった。

「――……で、昨日の晩、しばらく会わないって言っちゃったんだけど」

『ふむ。それで？』

「でも、全然連絡《れんらく》もないし、あ、謝ってもこないし……っ」

言いながらまたじんわり来て、もう壊《こわ》れっぱなしの涙腺《るいせん》にもこの女々《めめ》しい自分にもいい加減嫌《いや》になっていた希は、その情けなさにまた泣けてくる。

(もう、かっこわるいな……)

こんな話を聞かされて、さぞ柚も呆《あき》れていることだろう。そう思えばさらに気分は暗くなっていき、話すうちに少し落ち着いた希は、ごめんと呟いた。

『ん? なんでごめんなの』

「なんか、いきなりこんな愚痴言って」

『あーまあ。恋愛沙汰《れんあいざた》なんかそんなもんでしょ。……しかしまあ、そっか、なるほどねえ』

とくに気にした様子もない柚の声に、ほんの少し希は訝《いぶか》った。

「ねえ、柚さん、びっくりしないの?」

『へ? びっくりってなにが』

あの冷静な高遠がずいぶんと予想外の行動をしたことに、まず驚かれると思っていたのだ。

そう告げた途端《とたん》、しかし受話器の向こうからはげらげらとした笑い声が返ってきた。

『あははは、だあって! 予想の範疇《はんちゅう》だもの。まったく、らしいっていうか』

「え、あ、そ……?」

『希も忘れっぽいわねえ。菜摘の事件のときの、あのひとのこと、ちょっと思い出しなさいよ』

「あ……？」

言われて、あの時もひどくこじれてはいたのだと、希もまたはっとなる。

菜摘と高遠がパパラッチされたとき、彼はなにひとつ言い訳をしようとしなかった。

あげくには3・14に菜摘と柚を連れて訪《おとず》れた折り、菜摘はまるで見せつけるように高遠にまとわりついて、高遠もなぜかそれを拒《こば》むことはせず、希をいたく落ちこませたのだが。

——大体、希には話しておけばいいじゃないですか。あんな、高遠さん言うところの『コムスメのジャリタレ』に妬《や》いてるくらいなら。

菜摘との誤解については、後ほど柚の引退へのかぶせ記事だと知らされた。だが事務所からの箝口令《かんこうれい》が出ていたとはいえ、あんまりだと怒った希に真実を知らせたのは、やはり柚だ。

菜摘が高遠にまとわりついたのも、希に見せつけるためだったと教えられ、そして。

——こんな年の離《はな》れた男より、同い年のコムスメの方が、いいかもしれないって……普通《ふつう》、思うだろうが。

高遠は高遠で、初恋の希にまだ未練を残していた菜摘について細かい事情を知らせるのが腹立たしいと、大人げなくも黙《だま》り込んでいたのだ。

「そ……いえば、そう、だった」

『あのあたりから、なんにも変わっちゃないじゃないのよ。高遠さんたら』

あっさり言われ、なんともつかない表情を浮かべて希は赤くなる。

『高遠さんって、見た目ああだけど、別にクールでも冷静でもないと思うわよ？　とくに、あんたに関しては』

あんたに関して、のところに力を入れられ、希は唇《くちびる》を噛《か》んで黙りこむしかない。

『確かにねえ、たいしたことしてもないのに行動に制限されたりすんのは、ちょっとやりすぎ』

「そ、そうだよね？」

宥《なだ》めるような声に縋《すが》りつき、希は勢いこんで頷《うなず》く。そのがくがくと首を振《ふ》る姿が見えていたかのように、柚は『でもね』と続けた。

『まるっきり妬かれもしなければ、それはそれで哀《かな》しいもんなんじゃない？』

「それは……」

その瞬間《しゅんかん》蘇《よみがえ》ったのは、途方《とほう》に暮れたような菜摘の声だった。

——あたしが誰《だれ》かとどっか行く話になったって、お互《たが》い自由でいいんだよなとか言うし。

割り切ったつきあいなどしたくはないのにとべそをかいていた彼女の話を、気もそぞろで聞いてしまったことがいまは悔《く》やまれる。

（そうだよな）

希がまだ高遠を摑《つか》みあぐねていた時期、誰かにあの手が触れたのかと想像するだけで胸が灼《や》けるようだった。だから、恋人の周りにいる誰かに妬く気持ちは、わからないこともないのだ。

ただ、前科もありすぎる上に誤解されるような行動の多い高遠と、純然とした友人相手にまでのべつまくなしに妬かれる希では、いささか事情も違う気はするが。

『まあ、愛されすぎて困っちゃうなーってそういう話はおいておいて』

「あ、あいっ⁉ そ、そんなんじゃないけど……なに？」

そう思って黙りこんでしまった希に、今日の本題はそれじゃないよと、柚の声のトーンが変わる。話はおしまいと言葉でなく教えられ、希も少しだけ気持ちを切り替《か》えた。

『あたしの声、結構クリアだと思わない？』

「え？　ああ、そういえば……」

海外からの電話はいくらシステムが発達したとはいえ、くぐもって聞こえる場合も多い。ことにこのところ彼女からの連絡は、世界対応の携帯《けいたい》からのものであるため、電波状況《じょうきょう》によっては長い話ができないこともあった。

『さて、ここで問題。私はどこにいるでしょう』

「えっ？」

希も柚もある意味、耳がよすぎるためノイズ混じりの会話は苛《いら》ついてしまって苦手だ。それが小一時間話しても途切《とぎ》れることなく、またいつもよりずっとクリアな音質、とくれば。

「もしかしていま、日本にいるの⁉」

『あたりー』

ようやくお休みを取れたから遊ぼう、そう告げるつもりで電話をしたのだと柚は笑う。

「ってことは、一時帰国?」

『うん。マスコミもうるさいからお忍《しの》び。いや実は、目当てのライブがあってさあ』

「そうなの? 日本で?」

それもあって電話したんだけど、と柚は少しいたずらっぽく告げる。

『唯川真帆って、希知ってる? 日本人なんだけどアメリカでデビューした、ジャズシンガー』

「あ……」

瞬時に、この電話で柚が求めてきたものを察して、希は息を呑《の》んだ。

『お願い! 高遠さんセッションするんでしょ? こっちじゃマホの人気すごくて、なかなかチケット取れないの!!』

「柚さあん……」

あれだけの愚痴《ぐち》を聞かされたあとに、そのおねだりをするか。呆れかえるような気分になりつつ、立場として文句を言える希ではない。

『それにさ、どうせあたしにこんだけ泣きつくくらいなんだから、連絡待ってるわけでしょ?』

「う」

『それくれたら許してあげるーとか、言えるでしょ? ねえねえ』

きっかけ出ししてあげてんじゃんと偉《えら》そうに言われても、図星なだけに希はなにも言えない。

大義名分があれば、電話をかけてもいいだろうか。ぐらぐらと心は揺《ゆ》れはじめ、唸《うな》りながら希はプライドと自身の感情についてを天秤《てんびん》にかけたまま、逡巡《しゅんじゅん》する。

「……そんなに観《み》たいの？」

『すごいんだよ、唯川真帆。生き様もかっこいいんだ。あたしすごいリスペクトしてんのよね』

自身と同じように女性の身でありながら単身アメリカに乗りこんで、見事成功を収めた真帆に、柚は特別な思い入れを感じているらしかった。

『エージェントもなにもなしで、クラブで歌ったりしてたんだって。色っぽくてかっこいいよ』

希も好きだと思うんだと力説する彼女に、聴《き》いたことはあるからと相づちを打つと、キャッチホンのノイズが混じりはじめた。

「あ、うわ、キャッチ……け、携帯でどうやって取るんだっけ」

『なによ、使い方わかんないの？　機種違《ちが》うもん、あたし知らないよ』

だったら今日はいいわと柚は笑って、また明日かけ直すと言った。

『その代わりさっきの件、チケット！　絶対頼《たの》んでよね』

「う、わ、……わかった」

強引《ごういん》に了承《りょうしょう》させられ、渋々《しぶしぶ》ながらという声を出しながらも、正直言えばほっとする。それじゃあと口早に言っていったん通話を切れば、そのまま着信音が鳴り響《ひび》いた。

携帯はあまり得手でない希は、着メロの設定などはしていない。デジタル処理された音階はあまり耳になじめなかったし、聴いていていらいらすることが多いせいだ。

「はい、もしもし。お待たせしました」

相手によって音を変えるようなこともしていないから、ディスプレイを見ない限り電話の相手はわからない。焦《あせ》っていたのでそのまま通話ボタンをオンにした希は、だから聞こえてきた声にどきりとなる。

『――もしもし?』

「あ……」

まさかのタイミングで耳にしたその低い声に、どきんと胸が高鳴った。

(うそ……高遠さん?)

痛いくらいのそれに自分でも驚《おどろ》きつつ、一瞬言葉を失った希に、相手は怪訝《けげん》そうな声を出す。

『希? 聞こえてるか?』

「う、あ、はい。……あの、なんですか」

身構えるあまり、そっけなくふて腐《くさ》れたような声が出てしまう。ふうっとため息をついたのが聞こえて、態度が悪かったことに怒《おこ》ったのかと、内心ではびくびくしていた。

『まだ、怒ってるのか』

「べつに……」

だが電話の先から流れてくる声は不機嫌《ふきげん》そうなものでもなく、どちらかといえばばつの悪いような、そんな雰囲気《ふんいき》のものだった。

『昨日は、悪かった』

困惑《こんわく》を滲《にじ》ませて、いつもより少し弱いような響きと、思うよりあっさりと謝ってきた高遠の言葉に、今度こそ希は絶句する。

『酔《よ》ってたし――ってのも、言い訳とは、思うが』

その沈黙《ちんもく》が耐《た》えきれないかのように、さらに続いたのはやや急《せ》いた声だ。

「あ、の」

『なんだよ?』

「高遠さんひょっとして……謝ってる?」

あまりの意外さに思わず問いかけると、今度は高遠の方が一瞬黙《だま》りこんでしまう。

『――悪いか?』

「わ、悪く、ないけど」

どうやら相当ばつの悪いものもあったのだろう。居直ったような声であれ、告げられることが希にはまだ少し信じられない気分だった。

「ちょっとびっくりした」

それでもふて腐れたような声を出す高遠に笑いながら言えば、憮然《ぶぜん》としたような声が続く。

『おまえな……こっちは本当に悪かったと思って、わざわざ』

「あ、そうじゃなくて。それもあるけど――電話、が」

そもそも電話というもの自体を高遠はあまり好きではない。一応仕事に不便なので持ってはいる携帯も、ちっとも持ち歩かないもので、玲二に『不携帯電話』などと揶揄《やゆ》されるほどだ。

なにかの約束をする場合には大抵《たいてい》、その前の逢瀬《おうせ》のときに決めてしまっていることが多いし、よほどの突発《とっぱつ》的な出来事がない限りはまずかけてくることがない。

それはたとえば仕事で長期間、不在になる折りにもそうだった。顔を見ない恋人《こいびと》への様子窺《うかが》いという発想自体がない高遠は、そうなってしまえば完全に音信不通に近くなる。

『……しょうがないだろ』

だから今日のこれはおよそ、彼らしくない行動ではある。電話越《ご》しのくぐもった声も耳慣れず、希はほんの少し首を竦《すく》めた。

『いくらなんでも、この間のは、俺が悪いことくらいわかってる』

それを見透《みす》かしてでもいるように、吐息《といき》混じりに高遠が言う。耳元で囁《ささや》かれているような声の近さにどきりとしながら、もう少しも怒っていない自分を希は知った。

「……高遠さんって、謝るときも偉そうなんだね」

嫌味《いやみ》でなく、いっそ感心しながら希が呟《つぶや》くと、さすがに今度の沈黙は長かった。

『勘弁《かんべん》しろよ、おい……』

そのあげくの弱ったような声で、この事態が高遠にしても破格の待遇《たいぐう》を見せているのだと教えられる。

口数も少なくあまり抑揚《よくよう》のない高遠の声は、怒っているとき以外はさほどその色を違《たが》えない。それでも、希にだけ向けられるやわらかな音色というのは確かにあるのだと、声だけになっているからこそ強く意識した。

大人なのに、ふて腐れて拗《す》ねて、困っている高遠はなんだかかわいい。自分でも不本意そうに、それでもわざわざ苦手な電話までかけて、希の機嫌を窺《うかが》っている。

（ヘンなの）

本音を言えば高遠は、希のような繊細《せんさい》な子どもの相手は苦手なのだと、ことあるごとに言われていた。その言いざまを理解しきれず傷つくこともあったけれど、いまではそれが本心からの呟きとわかる。

（ほんとはこういうの、すごい、面倒《めんどう》なんだろうな……）

でも一応、苦手なりに頑張《がんば》ってくれているわけだ。

いっそおかしくなってしまって、くすくすと笑いながら、希は「いいよ」と言った。

「許してあげます。お酒のせいだってことで」

言い訳ばかりでなく実際、あの晩相当酔っていたのだろうと、いまなら冷静な希にはわかる。

普段《ふだん》、相当のアルコールをきこしめしても——本当はいけないことは当たり前だが——彼は大抵帰宅時には自分で車を運転して帰るのだ。

それでなくとも高遠は、三十分も経《た》てばさめてしまうらしく、どれほど飲んでも酒臭《くさ》さを漂《ただよ》わせることが滅多《めった》にない。あの夜口づけられて思わず驚いてしまったのも、そのせいだった。

「電話嫌《ぎら》いなのに、してくれたし」

『仕方ないだろうが。あそこまでおまえ怒《おこ》らせちまって、ほっとけないだろう』

電話が原因の喧嘩《けんか》だったのに、同じそれで宥《なだ》められてしまうのも皮肉な話だと思いつつ、精《せい》一杯《いっぱい》歩み寄ってきた高遠の気持ちはひどく嬉《うれ》しい。

「でも、追っかけてもこなかったし、連絡《れんらく》なかったから、俺」

大人げなくて、強引で少し意地が悪い、プライドの高い高遠のこの困ったような声だけでも、もう本当は充分《じゅうぶん》だった。

「……嫌われたかと、思った」

『おい……そりゃこっちの台詞《せりふ》だろ』

それでも少し拗ねた気分で、希が素直《すなお》な気持ちを口にすると、高遠がため息をつく。

『おまえなんて言って出てったよ？　顔見たくねえつったのそっちだろう』

「だって、……あ」

嫌いだと泣き叫《さけ》んでいったあれはその場の勢いのようなものではある。まさか高遠がそれをそのまま受け止めるとは思わなかったし、それで気兼《きが》ねするようなのはいかにも彼らしくない。

「だから電話……?」

「――……」

問いにはまた沈黙が返ってきて、図星だったと知らされる。この日何度目かの驚きに希の方もまた言葉を失って、なんだかもどかしいなと思った。

(もともとこのひと、あんまり喋《しゃべ》る方じゃないんだよなあ)

希がせがむからどうにか胸の裡《うち》を明かしてはくれるけれど、そもそも意味のない会話が好きではないらしい。希自身、そう饒舌《じょうぜつ》な方ではないし、実際喋るのは苦手でもある。

高遠の部屋で過ごす時には大抵、彼がサックスか煙草《たばこ》を口にしているせいもあって、そう間が持たないことはない。

そこまでを考えたときに、それ以外の時間、自分たちが唇《くちびる》をどういう風に使っていたかまで思い出し、希はかすかに赤くなった。

「……あのね」

『ん?』

意識しないまま、ひどく甘えたような声が出た。それに対して返す高遠の声も、ごく短いながらやはり甘いものになる。

「唯川真帆のチケット、あと一枚——ううん、二枚欲しいんだけど。友だちと行きたいから」

『ああ、……わかった』

柚の分とそして、ライブを見たがっていた内川の分。そう告げれば一瞬《いっしゅん》高遠は言葉をつまらせ、しかし吐息だけでそれを流した。

『どうする？　今度店に行くときに持っていくか、雪下さんにでも預けるか？』

「んと、……あの」

電話に耳をそばだてれば、唇の開く音さえ聞こえそうな気がする。カチンと小さな音がして、高遠が愛用のライターを弾《はじ》き、煙草の火をつけたのもわかった。

（なんか……遠いな、やっぱり）

けれど、あのあたたかい息づかいを肌《はだ》に感じられることはないし、嗅《か》ぎ慣れた煙《けむり》の匂《にお》いもない。それがひどくやるせない気がして、考えるより先に希は口を開いていた。

「今日、忙《いそが》しい、……ですか？」

『うん？』

多分これから願うことは、拒《こば》まれることはないだろう。こじれたあとの高遠がことさら甘くなるのは、いままでにも知っている。

「取りに行ったら、だめ？」

どきどきとしながら問う言葉に、また沈黙《ちんもく》が答える。そしてその数秒のあとに聞こえてきた声は、予想よりもはるかにやわらかい響《ひび》きを持っていた。

『三十分したら、下で待ってろ』

迎《むか》えに行くからと告げる唇に、早く触《ふ》れたい。そう思いながら震《ふる》える声で、希は了承《りょうしょう》の言葉を告げたのだ。

＊　＊　＊

唯川真帆のライブは柚の言葉通り、チケットの入手が困難なものだったようだ。

アイドルのステージのように大々的なものではないが、深夜の情報番組などでもライブの予定はインフォメーションされ、その紹介文《しょうかいぶん》の中に高遠の名を聞くと希の方が緊張《きんちょう》した。

(名前、出ちゃうんだもんなあ)

いままでも大きな仕事やステージをこなしている高遠ではあったが、あくまでバックメンバーであったり、スタジオミュージシャンとしてのそれで、彼自身の名前が表だってクレジットされることはあまりなかった。

むろんメインは真帆の方であるから、そう大きく扱《あつか》われるわけではないけれど。

「やっぱり、すごいんだなあ」

「なにをいまさらなこと言ってんの、希」

ライブ会場のざわめきの中、ぽつりと呟いた希を軽く小突《こづ》いたのは柚だった。

3・14にも近い場所にある、人気のアルコールフリーのクラブで行われるライブはなかなかの盛況《せいきょう》ぶりで、キャパシティの限界までひとが入っている。

「柚さんは、そりゃ、このくらいは平気だろうけどさ」

「客層違《ちが》うから、比較《ひかく》にはなんないわよ。そうじゃなくて、高遠さんがすごいのはいまにはじまったことじゃないでしょっつってんの」

半年ちょっと前にはドームクラスのライブを行っていたくせに、そのステイタスをあっさりと捨てた柚は呆《あき》れたように言ってドリンクを口にした。

その人混《ひとご》みの中、とくに顔を隠《かく》すこともないまま笑ってみせる柚に、やや緊張を残した口調で問いかけたのは、この日柚に引き合わされたばかりの内川だ。

「……っていうか、いいんですか？　サングラスとかしなくて」

「うん？　これならばれないんじゃない？」

特徴的《とくちょう》だったショートの髪《かみ》をずいぶん伸《の》ばし、肩《かた》までのそれをアップにしてますます大人っぽくきれいになった彼女は、自分の頭を指さしてみせる。

「Ｕｎｂａｌａｎｃｅの柚っていうとあのショートだもん。案外、顔なんか覚えてないもんよ」

「まあ……それはね」

でも本当に大丈夫《だいじょうぶ》かな、と希が眉《まゆ》を下げてみせると、ほっそりときれいな指が頭に触れた。

「よしよし、だいじょぶだいじょぶ」

「ちょっと、柚さん……恥《は》ずかしいだろ！」

ヒールを履《は》いた柚はずいぶんと背が高く、希と目線も変わらない。だが、だからといって頭を撫《な》でられるのはあんまりだろうと希は赤くなってその手を押しのけた。

「やあねえ。のんたんったら、つれない」

「その呼び方はやめてってば！」

「……のんたん？　ってなんか聞き覚えが……」

嘆息《たんそく》した柚の言葉に内川は目を瞠《みは》る。そして記憶力《きおくりょく》のいいクラスメイトに嫌《いや》な予感を覚え、思い出すなと瞳《ひとみ》で縋《すが》るが遅《おそ》かった。

「のんたん……のんたん？　あっ、もしかして、『おはようポップ』⁉」

「うわあっ、いい、言わなくて！」

勘弁《かんべん》してくれと真っ赤なまま希は顔をしかめる。

既《すで》に現在では放映されていない『おはようポップ』は早朝の幼児番組で、アニメなどの情操教育コンテンツをまじえつつ、メインは歌のおねえさんと子どもたちが一緒《いっしょ》にお遊戯《ゆうぎ》をしたりゲームをするという定番のものだった。

当時子役モデルとしてあちこちに引きずり回されていた希はその番組の中で『のんたん』と呼ばれていた。群を抜《ぬ》いて目立ったおかげか、常におねえさんの横にマスコットのように座らされ、ときにはたどたどしく台詞を言ったり踊《おど》ったりしていたのだ。

「うわ、あれも雪下⁉　すげえ、俺見てたわ。番組の終わりにおもちゃもらえるのが羨《うらや》ましくてさあ」

「もういいよ……なんでそう覚えてるんだよ……」

同い年の内川は見事にその番組のターゲット層で、懐《なつ》かしいなと顔を綻《ほころ》ばせる。

希にとっては、芸能界時代のことはあまり覚えていたいたぐいのものではない。だが、あの番組だけはなかなか忘れられないのも事実だ。

「あれだよなー、毎日違《ちが》う着ぐるみ着て」

「大変だったんだよ……あれ」

ウイークデイには毎日放映されていたあの番組は、一週間分をまとめて収録するのが常だった。おかげで一時間おきに、ウサギだのネコだのハチだのテントウムシだの、暑苦しい着ぐるみを着せ替《か》えられたのだ。

「あら、うっちーも知ってるんだ。あれ、めっちゃかわいかったよね」

「かわいかったですねー」

うっちー呼ばわりされても、柚相手には不服も訴《うった》えない内川はにこにこと相づちをうち、希ひとりがいたたまれない。

「もう勘弁してってば……なんで柚さんの話から、そこいっちゃうんだよ」

「あはは、ごめん。ここに来るようなお客さんで騒《さわ》ぎ立てるようなのいないでしょ、平気よ」

頭を抱《かか》えた希に、見てごらんと柚はその周囲を親指でさす。涙目《なみだめ》で見回した周囲には確かに、自分らよりもはるかに年上の客ばかりで、それはある意味3・14の客層と近いものはある。

(でも、なんか違うんだよな)

だがどうも雰囲気《ふんいき》が落ち着かないのはなんでだろう、と希は首を傾《かし》げた。

「けど、思ったより若いやつとか女のひと多いんだな。俺、ジャズライブってもっと、オジサンが多いかと思ってた」

希が気づくよりも先に、口にしたのは内川の方だ。その疑問に対し、苦笑《くしょう》して答えたのは柚だった。

「そりゃ、ナベサダみたいな系統のとかジャズフェスなんかならそうでしょうけど。唯川さんのはかなりR&Bに近いのよ。クラブジャズっていうか……ロックっぽいとこもあるし」

「へえ、そうなんですか」

「希が好きなのはスタンダードだし、3・14もそういうのが多いんでしょ?」

「うーん、あそこも若い女のひとは来ることは来るけど……」

もうちょっと今日の客層よりは年齢《ねんれい》が上のクラスになる。キャパシティが大きいだけでなく、なんとなく浮《うわ》ついた雰囲気に、どうも思ったのと違う気もするなと希は感じた。

「あ、はじまる」

SEが途切《とぎ》れ、客電が落とされた。期待と興奮を孕《はら》んだざわめきが起こると、正面のステージにピンスポットが当てられる。

「あれ？　クマさんだ。出てたのかぁ」

ドラムのメンバーから順にステージへ現れるたび、歓声《かんせい》と口笛、拍手《はくしゅ》が響く。その中に見知った顔を見つけて希が唇《くちびる》を綻ばせると、耳打ちするように内川が問う。

「知ってるのか？」

「うん、高遠さんの……あ」

いま名を呼んだ本人の姿が袖《そで》から現れると、希の胸は緊張で高まった。

肩までの長い髪を無造作に流したまま、真っ黒なシャツとブラックジーンズという黒ずくめの高遠は胸元《むなもと》のボタンを大きくはだけ、首からリードフックを引っかけている。

「うわ、迫力《はくりょく》あんなー……やっぱでっけー」

190センチ近い長身はステージに立てばいっそう大きく見えて、隣《となり》にいた内川も感嘆《かんたん》の声をあげた。しかし、それを打ち消すような黄色い歓声に、希は目を丸くする。

（え？）

まだ真打ちは登場していないのにと訝《いぶか》ったが、それがどうやら高遠自身に向けられたものだと希が悟《さと》ったのは、ほど近くから聞こえてきた女性たちの言葉からだ。

「やだ、やっぱ信符さんかっこいい……」

「でっしょ？　言ったじゃない」

（……し、信符さんっ……!?）

シノブサンってその馴《な》れ馴れしい呼び方はなんだよと、一瞬《いっしゅん》で頭が煮《に》えそうになり、しかし傍《かたわ》らの柚がにやにやと笑っているのに気づいてどうにか顔を引き締《し》める。

「言ったでしょー。すごいのはいまさらだって」

「……なんの話？」

あのひとがプレイヤーとしてすごいのは知ってるよと希は口を尖《とが》らせるが、そういうことではないのだと柚はさらに続ける。

「顔出ししてないったって、口コミで拡《ひろ》がっちゃうのよ。おまけに一時期、３・１４で定期ライブやってたでしょ。そういう、埋《う》もれたいい男に女は目ざといのよ」

からかうように告げられ、希は思ってもみなかったと目を瞠った。

「だ、だって高遠さん、そういう仕事はしてないし」

彼のファンというものが存在するのも知っていたし、自分自身もそうではある。だがそんな、アイドル俳優かミュージシャンのような意味でのファンがつくことだけは、なんとなく予想していなかったのだ。

どうしてと驚《おどろ》く希に、柚は呆《あき》れたように吐息《といき》する。

「希ねえ……あのひとが、なんでああまで顔出し仕事を嫌がるのか、根本的に考えなさいって」

「え……」

「自意識過剰《かじょう》なわけじゃなくって、ああいう女に音楽そっちのけで騒がれちゃうって、わかってるからでしょう」

単に目立つのがいやなのだろうと思っていた希は、その言葉にいまさらのようにショックを受ける。その顔を見て呆れたのは、柚だけでなく内川も同じだった。

「もうちょっと他人の容姿のレベルを考えなさいな、もと芸能人なんだから」

「……確かに雪下、その辺おっそろしく鈍《にぶ》いですけどね。言ったじゃん俺、あのひとのオーラ半端《はんぱ》じゃねえって」

おまえ自身のことも含《ふく》めてだけど、と肩《かた》を竦《すく》める内川の声も聞こえないまま、希はじっとステージを見つめる。普段、あの艶《なま》めいた気配を押し殺しているような高遠は、ライトを浴びていま手にした金褐色《きんかっしょく》の楽器のように、うっすらと輝《かがや》いてさえ見える。

(なんか……やだな)

感じたことのない距離《きょり》感《かん》に、たまらなくなる。いままでいくつかのライブを見せてもらっても、こんな気持ちにはならなかった。

高遠の才能や音楽や、そういうものを認められるのは単純に誇《ほこ》らしかったし、嬉《うれ》しいだけだった。それなのに、サックスを手にした男に向けられる熱量の高い視線がひどくわずらわしいような、息苦しい気分になって希は吐息する。

た。

自分はただ音を追いかければいいのだと軽く首を振《ふ》って、希はくだらない物思いを振り払《はら》った。

(やめよ。とにかく、ライブだもん)

めいめいが軽く音を鳴らして、ステージの上では歌姫《うたひめ》の登場を待っていた。次第《しだい》にざわめきさえも消え、しんと静まりかえったとき、高らかにヒールの音が鳴り響《ひび》いた。

(はじまるんだ……どんなひとなんだろう)

このライブに至るまで、一切《いっさい》のイメージ情報を出さずに来た真帆の姿には、希も期待ともつかないものを覚えていた。

あの一種男性的なまでの太く強い声の持ち主は、ゴスペル歌手のように逞《たくま》しい身体《からだ》をしているのではなかろうか。

ぼんやりと想像するばかりだった歌手の姿は、足下《あしもと》から徐々《じょじょ》に照らされていく。そうして、かっとライトがステージを照らし出し、両手を拡げて微笑《ほほえ》んだ真帆の姿を浮《う》かび上がらせた。

「えっ……!?」

そこに立っていたのは、およそ予想とはまるで違う人物だった。

ひどく驚いた希と同じ感情を乗せて、ひときわ大きな歓声が上がる。

「こんなひとなの……?」

「あら、顔知らなかったの?……ってそうか、こっちじゃ顔伏《ふ》せてたんだっけ」

もとから真帆のファンである柚は逆に不思議そうな声を出した。日本では情報制限をされていても、あちらではそれなりに彼女の容姿も有名なものであると教えられたが、希はただ目を丸くするばかりだ。

はじめて見た真帆は、希が圧倒《あっとう》されるほどに妖艶《ようえん》な美しさを持っていた。やわらかいウエーブを描《えが》く長い髪《かみ》、小さく整った顔の中で、コケティッシュな印象の唇は大ぶりで、たっぷりとグロスの乗った赤みが輝いている。

「うあ、すっげえ美人だな……」

感嘆の声を漏《も》らした内川に頷《うなず》きながら、あの華奢《きゃしゃ》なひとが――という驚きを希は隠《かく》せない。

女性らしさを前面に押し出すようなその肢体《したい》に似合いのブラックドレスには、際《きわ》どいスリットが入っている。デコルテを大きく開けたそれは首のうしろにシフォンのリボンを結ぶ造りになっており、ウエストまでさらされた背中もまた、見事に白くうつくしかった。

（あんなに細いのに、あんな声……）

高遠より年上と聞いていたが、年齢はさっぱりわからない。ただ、ドレスから覗《のぞ》くすらりとした脚《あし》には、若い女性にはないとろりとした艶《なま》めかしさをたたえ、黒い布地とのコントラストにひどくどぎまぎするような印象があった。

『――……OK？』

口笛と拍手の音に嫣然《えんぜん》と会釈《えしゃく》した彼女は、バンドメンバーに軽く合図を送った。その小さな一言は、かすれて低いのにどこまでも甘い。

ブラシを使ったドラムの音からはじまって、ドレスの裾《すそ》を揺《ゆ》らした真帆がスイングする。ベース、ギターの順にその彼女のステップに合わせて音がはじまり、どこかイージーで、そのくせ見事に絡《から》みあった音に希はぞくりとなった。

（う、わ……）

そこに、聞き慣れたはずの低い音律が重なった。なめらかに響く高遠のテナーサックスが、どうしてかいつもよりも胸を騒《さわ》がせる。

音に乗るように身体を揺らしていた真帆が、すうっと胸を反らして唇を開いた瞬間、ついに希の全身には鳥肌《とりはだ》が立つ。

「オール・オブ・ミー」は定番のナンバーだが、真帆の声で奏《かな》でられればまるで別の歌のようだった。少し怠惰《たいだ》で挑発《ちょうはつ》的で、聞いている方がくらくらするような妖《あや》しさがある。

（すごい声）

やわらかく低く、そのくせに強い。ＣＤでは感じることのできない、びりびりと腹にまで響いてくるようなそれに、ただ希は圧倒された。

スタンダードナンバーが終わると、すぐさま次の曲になる。今度は彼女のオリジナルらしく、ややダンサブルなそれが会場を揺らしてうねる。

ドラム以外のメンバーはそれぞれの立ち位置など無視して、熱が入るほどに前へ後ろへと揺れ動く。

「うう、やっぱすごい……悔《くや》しい！」

おそらくは同じ世界を目指しているだろう柚は、楽しげにそんな歯がみをして身体を揺らしている。内川もただ夢中のようで、眼鏡《めがね》の奥の瞳《ひとみ》を輝かせたままステージに見惚《みと》れていた。

客席の熱気はそのままステージへと跳《は》ね返る。このグルーヴ感は決して大会場では味わえない、溶《と》けあったような興奮と共鳴に希も呑《の》みこまれていく。

しかし、希の視線が見つめる先はあの、したたかにうつくしい歌姫の姿ではない。

（高遠さん……）

ステージライトの熱気とそして、プレイによる放熱で汗《あせ》を流した彼の姿に、眩暈《めまい》がする。

普段《ふだん》あの小さな店の中で知る姿とも、互《たが》いしか見えない空間にあるそれとも違《ちが》う高遠の姿に、胸が焦《こ》がれそうになる。

この夜の高遠は、希の知る彼ではなかった。真帆の歌によって高遠もまた引き上げられていくように、音の深みを増していくのが手に取るようにわかる。

髪を振り、汗が飛び散った。現れたときには細身の身体を包むようだった黒いシャツは、湿《しめ》りを帯びてその身体に張りつきどこか危《あや》うい。

ちりちりとした焦燥《しょうそう》が希を苦しめる。先ほど囁《ささや》きあっていた女性客は声もなくただため息をついて、希の見つめる男を視線で追いかけている。

(——……やだ)

反射的に、ただそう思った。これだけの素晴《すば》らしい演奏を耳にしながら自分はなにをと、散《さん》漫《まん》な意識でそうも感じるけれど、苛立《いらだ》ちに似たせつなさが止まらない。

「あ……っ」

その苦しさを嘲笑《あざわら》うかのように、髪を乱した真帆がかすれて色っぽい声で恋《こい》の歌を歌い上げながら、高遠のもとへと歩み寄っていく。ドレスから覗いたやわらかそうな美脚を、高遠の身体に絡みつける彼女の姿は、ステージパフォーマンスとはいえあまりに刺激《しげき》的だった。

客席からは冷やかしとも羨望《せんぼう》ともつかない歓声《かんせい》があがる。

まるで睨《にら》むような強さで視線が絡みあい、挑発するように笑う真帆に対して、高遠はさらに瞳を冷たくし、しかしその奥だけで燃えるような色を覗かせた。

その瞬間、希は悲鳴をあげそうになる。

(いやだ……っ)

汗みずくになる高遠は、希しか知らないはずの時間の——ベッドの上で見せるそれと同じ顔をしていた。

あげく興に乗ったふたりはそのまま抱《だ》き合うようにしてお互いの音を絡みつかせていく。

汗に張りついたシャツを開いて、胸元《むなもと》を見せつけたまま髪を振り乱す高遠を、かき抱《いだ》くように髪を撫《な》でるなど、真帆も相当なものだった。

けれど表情は一切変えないままとはいえリードを離《はな》した唇《くちびる》を舐《な》める高遠の姿は、なにもしていないのに凄《すさ》まじい色気を放つだけに、タチが悪いとも言える。

「た……高遠さん、すごいわね」

細い白い指を縋《すが》らせる真帆の赤い爪先《つめさき》と、高遠の黒いシャツのコントラストはひたすらに卑《ひ》猥《わい》で、柚ですらどこか惚《ほう》けたような声を出す。

(もう、やめて)

しなだれかかる女をまるで無視するかのような高遠は、そのくせつれなさがさらに女を惹《ひ》きつける。その姿はあまりにも覚えがあって、希はもうステージ鑑賞《かんしょう》どころではなくなってしまった。

高遠にうっとりとなる女性客の姿ももう、どうでもいい。ただあの日の——彼をはじめて、あの妖しさを認識《にんしき》した日の記憶《きおく》をなぞるようなそのパフォーマンスに、肌が焼けるようだ。

まだ言葉もろくに交《か》わしたことのなかった、一年前の春。偶然《ぐうぜん》に通りすがった希の前で、高遠はいまと同じ眼差《まなざ》しのまま女の前にたたずんでいた。

(なんで、忘れてたんだろう)

しばらく穏《おだ》やかな顔や、少し拗《す》ねたような表情を見せつけられていて忘れかけていたが、高遠はやや過剰《かじょう》なまでに色気のある男だった。

強烈《きょうれつ》な艶《つや》を放つ彼の姿を、それが決して自分だけに作用するものではないことを、ぬくぬくと甘やかされるうちに実感としては感じられなくなっていたことに希は気づく。

危うく眩《まぶ》しい、怖《こわ》いようなあの眼差しが、近づきすぎて見えなくなっていたのだろうか。

手に入らない冷たい横顔に焦がれる、あの感覚。ひとり思いつめていた時期の熱病のような思いとともに、肌が火照《ほて》るような感覚を覚えて希は唇を噛《か》みしめた。

(――触《さわ》らないで)

真帆の声ももう、聞こえない。ただあの男に絡む赤い爪先しか希には見えず、お願いだと縋るように一心にステージを見つめた、そのとき。

「うわ、やった！」

誰《だれ》かが叫《さけ》んで、希はそのまま凍《こお》りつく。

興に乗ったのか、振《ふ》り向かない男に焦《じ》れたようなアクションを見せた真帆が、赤い口紅をべったりとつけるほどに高遠に口づけたのだ。

一瞬《いっしゅん》だけ高遠は目を瞠《みは》り、不快そうに眉《まゆ》を寄せたがただそれだけだった。顎《あご》の動きだけで赤い唇を振り払《はら》い、汚《よご》れた口元にまたリードをくわえなおす。

真帆もまた、なにごともなかったかのようにそのすらりとした肢体《したい》を高遠から離して、ただ誇《ほこ》らしげに歌い上げるだけだった。

「あ……」

くらりとして、血の気が引いていくのがわかる。なにも聞こえなくなった希はただ呆然《ぼうぜん》と立ち竦《すく》み、いまの光景をどう処理していいのかわからないと思った。

（いまの、なに……？）

口づけていた。希だけに与《あた》えられるはずのあの薄《うす》く熱っぽい唇が、誰かに触《ふ》れていた。

ステージの上だけの、駆《か》け引きのようなパフォーマンス。それ以上の意味などなにもないのだと、頭ではわかっている。だが、感情はまるでついていけなくて、胸の奥が痛い。

クラブの中に満ちた熱気からひとり取り残され、希はただ瞬《まばた》きもせずにステージの上の男を見つめた。

けれど、ライトに照らされて獰猛《どうもう》に輝《かがや》くその金色の眼差しは、あの日のように希を見つめ返すことはないままだった。

耳鳴りがするような感覚に立ち竦んでいると、クライマックスを迎《むか》えたステージは真帆の力強い声の残響《ざんきょう》を残してライトを落とす。気づけば既《すで》にアンコールの声が高く、足を踏《ふ》みならすオーディエンスの声とその振動《しんどう》に、ようやく希は我に返った。

「うは……すっごかったな。生のジャズって、その辺のバンドより強烈」

「うー、最っ高！」

内川と柚はただ、感激したかのように両手を打ち鳴らしている。隣《となり》にいる彼らからさえも切り離されたような気がして、希はふらりと歩き出した。

「え、ちょっと……希？」

気づいた柚は驚《おどろ》いた顔で呼び止めてくるが、その顔を見ることもできないまま、うなだれた希は一言だけを発した。

「……帰る」

「え、帰るってちょっと」

このあとは楽屋まで行って高遠を待つ約束になっていた。ついでに真帆を紹介《しょうかい》してくれと柚にも頼《たの》みこまれていたが、とてもではないがこの場にはもういられない。

「ごめん、もう、帰る……っ」

「雪下!?」

「ちょっ、ちょっと、希!」

驚いた声のふたりに背を向けて、希は興奮にごった返す客をかき分ける。

もう見ていられなかった。あの強烈な光景が一年前の記憶とごっちゃになって、希の感情までめちゃくちゃにする。

(もうやだ、もうやだ……っ)

どうにか人混《ひとご》みを抜《ぬ》けた希はそのままクラブから飛び出して、まっすぐに走りはじめた。

自分にも説明できないような衝動《しょうどう》に駆られ、とにかく逃《に》げたくてたまらなかった。駆けているせいだけでなく息が苦しく、先日の喧嘩《けんか》した夜を思い出して、つんと鼻の奥が痛くなる。

(俺、なんで、……なにやってんだろ?)

高遠と出会ってから、こんなことばっかりだと希は思う。彼が悪いわけではないけれど、混乱していたたまれずにすぐ泣いて、すぐに逃げ出して。

それでもあの男は、追いかけてくることさえせずに、すぐに希を捕《つか》まえる。言葉ひとつで、その眼差しだけで、結局はどこにも行けなくなるのだ。

「は……っ」

ずきんと胸が痛くなって、軋《きし》むようなそれに足がもつれた。よろよろとしながら足をゆるめ、胸を押さえて息を整えていると、焦《あせ》ったような声が追いかけてきた。

「ちょっと……ちょっと待てって、雪下！　おまえなんなんだよ、もう……！」

「待ってよ、希！　っあー、もう、ヒールで走らせないでよね！」

混乱した希を追いかけて、息を切らした柚と内川に口々に責められても、うなだれたままでなにも言えない。

「急にどうしたのよ、ああもう、おかげでアンコール見損《みそこ》ねたし！」

「……ごめ」

胸がつまって、言葉が途切《とぎ》れた。自分でも驚いたことにそのまま、ぼろぼろと涙《なみだ》が溢《あふ》れてしまい、怒《いか》りを見せていたふたりの顔を驚愕《きょうがく》に凍りつかせる。

「の、希？　ごめん、なんかきつい言い方しちゃった？」

「具合でも悪かったのか？」

「ちが……」

そういえば、高遠には「そう泣くな」と言われるけれども、希はほかの人間の前ではほとんど泣いたことがない。

例外と言えば感情を激した場面に出くわしてしまう玲二と義一くらいのもので、大抵《たいてい》の相手には、穏和《おんわ》で感情を高ぶらせることの少ない人間だと思われているのも知っていた。

「ど、どうしよう……ねえ、うっちーなんとかしてよっ」

「なんとかったって、俺!?」

ましてやクラスメイトである内川の前でこんな醜態《しゅうたい》をさらすとは思わず、希自身もどうしていいのかわからない。

「ひい……っく」

堪《こら》えようとすれば余計にしゃくり上げ、情けないことこの上ない声が漏《も》れた。そしてさらにうろたえた内川とは逆に、はっとなったのは柚の方だ。

「ちょっとあんたまさか……さっきのステージ?」

冗談《じょうだん》でしょうと眉をひそめた柚に呆《あき》れた声を出されて、もう否定もできないまま希は頷《うなず》く。

「うわちょっとお……！　あれでショック受けちゃったの!?」

「え、そういうこと？　だってあんなのパフォーマンスじゃんか」

おいおい、と心配していたらしい内川もため息混じりに呟《つぶや》いて、驚かせるなと小突《こづ》いてくる。

「もー……一途《いちず》もいいけど、それじゃあちょっと乙女《おとめ》もいいとこでしょ、希」

「たかがキスぐらい気にするなよ……芝居《しばい》みたいなもんだろ？」

代わる代わる、ステージの上のことだろうと宥《なだ》められるが、どうにもならない。

「だ、……って」

そうは言われても、嫌《いや》なものは嫌なのだ。そしてその理由が、案外根深いものであることまでは、さすがに目の前のふたりも知らない。

（また、あんなの、見せられるなんて）

そもそも希が高遠を意識したきっかけは、彼と名も知らない女性との濃厚《のうこう》なキスシーンを見てしまったからだ。

冷たい目をしたまま女の唇《くちびる》を押しつけられる高遠は、酷薄《こくはく》そうでありながらひどく淫《みだ》らに映ることを、希は誰《だれ》よりも知っている。

「だって、もう、やなんだ……っ」

そうしてそれがどれだけ、自分を傷つけるかも。

自分の恋心《こいごころ》を自覚する前でさえもあれほどの衝撃《しょうげき》を受けたというのに、このいまになってあんな場面を見せつけられて、平静でいられるわけがない。

汗《あせ》に湿《しめ》った髪《かみ》、濡《ぬ》れた肌《はだ》。息苦しいように眉をひそめたあの表情も自分以外に唇を許したことも、なにもかもとにかく許せない。

「あんな、あんなの見たくなかったよ、やだよ……」

あんなに淫らな高遠を万人《ばんにん》に見られていたのがたまらなく嫌で、狭量《きょうりょう》な自分にも情けなくなるが、それ以上に腹立たしかった。

頭の芯《しん》まで焼けつくほどに、強烈《きょうれつ》な嫉妬《しっと》が駆けめぐる。それだけでいっぱいになって、彼に触れるものすべてが煩《わずら》わしくてたまらない。

こんなにもひどい感情は知らなくて、希が一番混乱しているのだ。

「やなんだったって……希、ちょっと落ち着きなよ」

困ったなあ、と吐息《といき》する柚はハンカチを差し出し、まるで母親のようにして希の頬《ほお》を拭《ぬぐ》った。

喉《のど》を詰《つ》まらせながら希は「ごめん」とどうにか告げる。

「ごめんてなに」

「楽屋、いっ、……いけな、っくて」

ひくひくと横隔膜《おうかくまく》が痙攣《けいれん》して、堪えようとするたびに苦しい。自分でもここまで激しく泣くとは思っていなかっただけに、おさめかたがわからなくなっていた。

「……雪下、ちょっとそこ、座って。これ飲んでみ」

ふと気づけばその場を離《はな》れていた内川が、スポーツドリンクのペットボトルを差し出してくる。ガードレールに腰掛《こしか》けるように促《うなが》されて、長い指の差し出すものをわけもわからず受け取り、まだ頭がぼんやりするまま言われたとおりに口をつけた。

「泣きすぎてしゃっくりみたいになってるときって、冷たいの飲むと治まるから」

「へえ、そうなんだ」

「うちの妹がよく、こうなるから」

物知りね、と感心する柚の前で、半分ほどを飲みきった希はようやく長い息をつく。

「……妹って？」

「いま、五歳。まぁよく泣くぜ」

五歳児と同じ扱《あつか》いを受けたことにショックを受けるとともに、内川の面倒見《めんどうみ》のよさの所以《ゆえん》を知った希は「ふうん」と相づちを打つにとどめた。経験に基《もと》づく知識は正しく作用して、先ほどまでのわけのわからない混乱は少しだけ落ち着く。

「ふたりとも、ごめん……」

なんだかもう情けないやら恥《は》ずかしいやらで虚脱《きょだつ》状態の希は、それを告げるのが精一杯《せいいっぱい》だ。

しょんぼりと肩《かた》を落とすと、追い打ちをかけるような柚の声がかかる。

「しかし、あんたほんっとーに好きなのねえ、高遠さんのこと」

呆れるとも感心するともつかないそれにいたたまれない気がしたが、醜態のあとではごまかすのも無理だった。

「……うん」

頷いてしまったのはもう、なにを考えてのことでもなかった。

「うんって……そんなに好き？」

素直《すなお》すぎるそれに柚の方が照れたようだったが、内川はやけにあっさりと断じる。

「まあ、キスシーン見ただけで走って逃げる程度には好きなんじゃないですか？」

「あら、うっちー意外に冷静ね」

驚《おどろ》かないのと柚が問うそれに、毎日見てるしと内川は苦笑《くしょう》した。

「だって去年の冬だっけ？　プチ遠恋《えんれん》やってたときのこいつの落ち込み、尋常《じんじょう》じゃなかったし」

高遠とのことがばれたきっかけであるその時期のことには触《ふ》れられたくはなく、希は鼻を啜《すす》りつつも小声で反論する。

「……うっちー以外は気づいてなかったって、言ったじゃん」

結構につらかった時期のことを揶揄《やゆ》されるのは、やはり腹が立つ。むっとして唇を尖《とが》らせた希に、柚はからかうように問いかけてきた。

「あんなとこ見ちゃったあとでも、やっぱり好き？」

問われてさらに頷いて、だから嫌なんだと希は足下《あしもと》の地面を蹴《け》る。

「腹は、立つんだけど……」

「けど？」

「でも、しょうがないかなあとも、思って」

しょうがないってなによと、柚は怪訝《けげん》そうに眉《まゆ》を寄せる。諦《あきら》めているような物言いは、ポジティブな彼女は好きではない。そうではなくて、と希はゆるくかぶりを振《ふ》った。

「なんか、だって……ああいうときが一番、高遠さんはかっこいいから」

サックスを手にしてその伸《の》びやかな音を奏《かな》でるときの高遠は、本当に魅力《みりょく》的だとも思うのだ。迸《ほとばし》るような才能に溢れた音に包まれ、淡々《たんたん》としかし熱っぽくステージに立つ姿にはため息がこぼれてしまう。

「俺、最初っからあのひとのファンだから、ライブやってるとことか見るのはやっぱり、好きなんだ」

「それは、わかる気はするけどさ」

言いさした柚に、ちょっと違《ちが》うと希はまた首を振る。

「ただなんか、ああいう……ああいうのは違う」

3・14での客層は落ち着いた年齢《ねんれい》のものが多かっただけに、そういう意味での高遠の人気というものを、希はまるで意識せずにいた。

「女のひととか、きゃあきゃあ言われてるのは、……それだけなのは、いやで」

自分だけの高遠を、誰もが熱っぽく見つめるのも嫌だった。

真帆の唇が触れた瞬間《しゅんかん》には神経が焼き切れそうにもなったし、思い出すだけで胸がむかむかとしてくるのはまだ治まっていない。

だが、顔立ちだけでなく、その音楽こそが高遠の魅力であると思うのに、どうもこの夜のライブは空気が違っていたのも不快感の一因だ。

「高遠さん、顔もかっこいいけど。それだけじゃ、ないのに……」

その違和感《いわかん》を感じとってもいただろうに、ステージの上の高遠は「だからなんだ」といわんばかりの態度だった。真帆の口づけもさらりと躱《かわ》しただけで、そんなすげない顔にもまた惚《ほ》れ直している自分もいるから、奇妙《きみよう》なジレンマに陥《おちい》ってしまうのだ。

嫉妬もある。あの男が決して自分だけのものでないのも、つらい。けれど彼を彼として正当に評価されていないような気分になったのも、本当だった。

(なんか俺、言ってること、矛盾《むじゆん》してるかな)

認められてほしいけれど、変な評価ばかり受けてほしくない。女たちに騒《さわ》がれるあの艶《なま》めかしさも、仕方ないけれどもできれば自分の前だけにしてほしい。

「……どしたの、ふたりとも」

「どうしたのってさあ……」

そう思っては我が儘《まま》だろうかと落ち込んだ希だったが、相づちも聞こえなくなったことに気づいて顔を上げれば、赤くなった柚と内川が互《たが》いの顔を見合わせている。

「こんな強烈なのろけ聞かされたの、あたしはじめてよ」

「俺もだ……こっちが恥ずかしい」

「ええっ⁉」

なんだか熱いと顔の前で手のひらを扇《あお》がれ、希の方が赤くなる。

「そ、そんなんじゃないよ！」

「なくないわよ、まったく……顔が好きで才能も好きで、その辺は他人に認めてほしいけど、お色気は自分だけのものにしときたいなんて」

「それがのろけ以外のなんだっつーんだよ、雪下。俺がいたたまれない」

「う……だって……」

畳《たた》みかけるようにして口々に告げられ、希は肩を竦《すく》めて小さくなる。確かに要約されてしまえば自分の言ったことはずいぶんと狭量《きょうりょう》な、身勝手なものでしかないようだ。

「恋《こい》しちゃってんのねえ、希。……なんかちょっと羨《うらや》ましいわ、あたし」

枯《か》れたようなことを言う柚の声に、恋愛がらみの鬱屈《うっくつ》など、他人には蚊《か》に刺《さ》された程度の問題でしかないと告げられた。

言われてしまうと自分がだだをこねているばかりの子どものようで、希は唸《うな》るしかない。

そのしょんぼりとした姿に眉をひそめて笑い、柚はほんの少し声のトーンを変えた。

「まあその辺、高遠さんもわかっちゃいるんじゃないの？」

「なに……？」

なにをわかっているのだと、いつもは笑うばかりの柚の、真剣《しんけん》で大人びた表情にどきりとしながら希は問う。

「だから顔出し嫌《いや》なんでしょうって、さっきも言ったじゃないの。今日の客層の反応だって、わかってた上のことじゃない？　高遠さんも」

ルックスだけで自分を測られてしまう危険性は、おそらく高遠自身が一番わかっていることだろう。少し厳しい声で柚は言った。

「人前に立つってことは、自分の理想とした反応ばっかじゃないわよ。思ってもみないとこで好かれたり、がっかりされたりもするわ。とくに見目が先行するしね、音楽は。どんなに自分がいいものを創《つく》ろうとしても、時代に使い捨てられるようなことも少なくない」

それでも彼が選んであの場に立ったのだろうと柚は告げた。アイドルからの脱皮《だっぴ》を選んで、困難な生き様を選んだ彼女の言葉には重みがあって反論できず、希は黙《だま》りこむ。

「俺が言うことじゃないんだよね……」

さくっときついことを言われて、落ちこみかけた。しかし続いた言葉は明らかに揶揄の響《ひび》きを持っている。

「まーねえ。たかがあの程度のパフォーマンスで泣いちゃうような繊細《せんさい》なのんたんには、その辺の割り切りは難しいとは思うけど」

おそらく、重くなりそうな空気を払《はら》うためとは察せられたけれども、希は顔を赤くして叫《さけ》ぶしかない。

「だからのんたんはやめてって！」

「おまえだってうっちー言うじゃんか」

だがその訴《うった》えはあっさりと無視され、柚と内川は好き勝手なことを言いはじめた。

「つうか普通《ふつう》ないわ、あの程度で泣いて逃《に》げるなんて」

「うーん。女子でも、もうちょっと神経太いと思うなあ」

「ばかねえ、女だから神経太いのよ」

「あ、そうなんですかね？」

「ふたりとも……ばかにしてるの？」

遊んでるのか、とまたじんわり涙目《なみだめ》になった希へハンカチを押しつけ、柚はその頭をくしゃくしゃと撫《な》でた。

「いまどき貴重って褒《ほ》めてるのよ」

「うん。見事な天然物の純情っぷりだ」

「……やっぱばかにしてる」

拗《す》ねきった声で唇《くちびる》を嚙《か》んだ希に笑うその雰囲気《ふんいき》が、どこかで覚えがあると思う。

「なんか……玲ちゃんと店長みたい。柚さんとうっちーって」

「え？　あのクールなおふたり？　どのへんが？」

玲二の過保護さを知らない柚は目を丸くするが、なんとなく察しているらしい内川は苦笑《くしょう》を浮《う》かべてこう言った。

「俺らが似てるんじゃなくって、雪下が周りをそうさせちゃうんじゃねえの？」

「え……？　なんで？」

「わかんなきゃ、いいけど」

言われる意味がわからずきょとんとなった希に、なるほどと頷《うなず》いたのは柚だけだ。

「あーまあ、一理あるわね、それ」

「でしょう？」

「だから、なにがっ？」

勝手に納得《なっとく》するなと立ち上がった希だったが、まあまあいいから、と肩《かた》を叩《たた》いた柚に腕《うで》を取られてしまう。

「んじゃまあ、行きましょうか」

「どこに……」

腕を組まれているというのに少しも色っぽい感じにならない。むしろ引率《いんそつ》の先生に連れられているような感覚のまま、手を引く柚に問い返す。

「そりゃ、この展開でいけば飲みでしょう。3・14でいいよね」

「ええっ!?」

「ああ、なるほどね。いいんじゃないかな」

上擦《うわず》った声をあげたのは希だけで、内川はあっさりと頷いた。なるほどってなんだよと目を丸くしている希に、両サイドからそれぞれ言葉がかけられる。

「ライブのトリまで見られなかったんだし、それくらいつきあいなさいよ」

「そうそう。この辺だったらおまえんとこの店一番近いじゃん」

ぐいぐいと腕を引っ張って歩いていく柚の歩みは速く、転びそうになりながら希は上擦った声をあげた。

「う、うっちー、身内の店で飲むのはまずいってこの間は！」

「その辺はまあ臨機応変で——つうか俺は飲まないし」

「なんでもいいからつきあいなさいって。まあそれに」

あんた結構いろいろたまってると思うわと、これは少しだけ心配そうな笑《え》みで柚は続ける。

「根本的なとこをちゃんと解決してないから、毎回、爆発《ばくはつ》しちゃうんでしょう」

「うっ……」

先だって電話で泣きついたばかりなだけに、それを言われると弱い。ただでさえ柚には借りが多いのだ。菜摘とは違《ちが》う意味での女王さまぶりを発揮する彼女には、逆らえるわけがない。

「あそこのお店好きだけど、やっぱ自分だけで入るにはまだまだ敷居《しきい》高いしさ。つきあってよ」

希同伴《どうはん》ならいいでしょうと、彼女は笑う。希からすればずいぶん大人びている柚も、実際にはまだ二十歳《はたち》でしかない。

「うん、じゃあ……いいよ」

玲二らもよく言うことではあるが、場にふさわしい年齢《ねんれい》というものがある。いくら若造が背《せ》伸《の》びをしても、その空間を荒《あ》らすような真似《まね》をするのは無粋《ぶすい》でしかないのだ。

(そういうのわかってるのって、いいな)

所詮小娘《しょせんこむすめ》は粋《いき》がっても限界があると、彼女はちゃんと知っているのだろう。希は感心して頷いたのだが、途端《とたん》、柚が鼻息を荒《あら》くしたのに目を瞠《みは》る。

「よっしゃ！　んで、当然希には奢《おご》ってもらわないとねっ」

「ええ!?」

「あったりまえでしょ、あたしいまは研究生扱《あつか》いだもん。給料ろくに出ないし、よけいなお金ないわよ。日本に来るのも大変だったんだから」

希の了承《りょうしょう》を取りつけたと知るや、うきうきと早足になった柚に一抹《いちまつ》の不安を覚えつつも、いまさら撤回《てっかい》もできないまま、奇妙《きみょう》な一行は3・14への道を急いだのだった。

＊　＊　＊

突然《とつぜん》現れた三人を玲二は少し驚《おどろ》き、それでも歓迎《かんげい》の面《おも》持ちで奥まった席へと案内した。

「雪下さん、こんばんは」

「柚ちゃんお久しぶり。内川くんもいらっしゃい、ライブはどうだったの？」

「すごかったですよ、ほんと。行ってよかった！」

にこやかに会話しつつ柚がオーダーしたのはモスコミュールだった。もう少しきついのを頼《たの》むかと思っていた希だったが、ついで頼んだものを見て納得する。

「ストリチナヤの、チェイサー、ね……」

「なにか？」

オンザロックのウォッカに、ウォッカカクテルのチェイサーとは。呆《あき》れるような気分になったが、柚は平然としている。

「……柚さん、まだ二十歳だよね？」

まだ若い女性であるのに、自分なりの酒の好みが既《すで》に完成しているのはいかがなものだろう。眉《まゆ》を寄せて希が問うそれはあっさり無視して、あんたも飲みなさいと勧《すす》められた。

「えっとじゃあ……俺、ジンジャーエール」

成人している柚はともかく、さすがに保護者の目の前で堂々飲むのはまずいだろうかと上目に窺《うかが》うと、玲二はただにっこり笑うだけだ。

「……つまんないわ。どっちかつきあってよ」

「女性ひとり飲ませるのもなんでしょう。希」

あげくにはジンジャーエールならばモスコでいいでしょうと、叔父《おじ》はさっさと決めてしまう。

「内川くん、そういうわけだから今日は、遠慮《えんりょ》しなくていいよ」

そのうえ唆《そそのか》すように内川にまで告げるから、苦笑した友人はメニューシートを眺《なが》めて言った。

「うーん……じゃ、俺は……なあ、キューバ・リバーってどんなんだっけ」

ラムのコーラ割りだと教えてやると、よくわからないからそれでいいやと内川は頷いた。

カクテルはよくわかんないやと首を傾《かし》げる内川は、未成年ながら実のところ日本酒党で、こちらも柚のことは言えない。酒の好みは吟醸《ぎんじょう》の端麗辛口一本槍《たんれいからくちいっぽんやり》、一応3・14にも日本酒の種類は揃《そろ》えてあるが、お気に召《め》す銘柄《めいがら》はなかったらしい。

「今日はぼく、このあと打ち合わせであがっちゃうけど、適当にしていってね」

おごりにしてあげるよと悪戯《いたずら》っぽく笑った玲二がわざわざ言うのも、保護者に気兼《きが》ねしないでいいようにという心遣《こころづか》いだろう。

希もそうまで言われれば仕方なく、苦笑して叔父を見送った。オーダーされた品を運んできた塚本は「未成年め」と軽く睨《にら》んでみせ、しかしその口元は笑っている。

（うーん、やっぱり変な感じ）

塚本へ笑み返しつつ、普段《ふだん》は接客する立場としてたたずむ店内を、こうしてテーブル席について眺めるのはやはり奇妙な気分だった。

「ではまあ、乾杯《かんぱい》ってことで」

きつい酒を満たしたオールド・ファッションド・グラスを揺《ゆ》らして男前に笑う柚の一言に、

一同は軽くグラスを合わせる。

「なんかいきなり混ざっちゃってすみません。いまさらだけど」

「あら、なによほんとにいまさら」

すっかり旧知の仲かのようなノリだった内川は、改めてもう一度挨拶《あいさつ》をする。それに対していたずらっぽく笑った柚は身を乗り出した。

「ねえねえ、それより学校の話してよ。あたし結局、普通《ふつう》の高校生活って送ってないんだもん」

「ガッコの……ってもなあ。いまは受験準備でとくになにも」

「受験かあ。大学行くんだっけ。希も?」

「ああ、うん」

先ほどのライブの件に触《ふ》れないでいるのは、柚なりの気遣いでもあるのだろうか。もっと飲め飲めと勧められ、まだ自分の適量もわからない希はちびちびとモスコミュールを口にする。

「うわ、これ結構きついね……」

「えー?　ジュースみたいなもんじゃない」

こんな店でバイトしているくせにと目を丸くされるが、実のところ希はさほどアルコールのたぐいが得意ではない。鷹藤らに勧められればその場のつきあいでビールくらいは口にしても、とくに美味《おい》しいとは思えなかったのが本音だ。

「柚さん、もうそっちおかわりなの？」

「喉渇《のどかわ》いてるんだもん」

モスコミュールをがぶがぶいく柚のペースはひどく速くて、希はいささか心配になったが、カクテルなどジュースだと言いきる彼女は確かに顔色ひとつ変えていない。同じものを飲んでいるはずなのにと、ウォッカベースのそれに既に頰《ほお》を熱くしている希は不思議になる。

（くらくらする）

一口啜《すす》るたびに炭酸が喉奥《のどおく》にひりつき、そのあとでかあっと熱くなる感覚はどうも慣れない。やっぱり氷水でも貰《もら》おうかと思い、通りがかった塚本へ声をかけようとした、そのときだ。

「――あ」

入り口付近が騒《さわ》がしくなって、ふと目を向けるとそこには高遠の姿があった。ばくんと痛いほどに心臓が跳《は》ね上がり、希は咄嗟《とっさ》に目を逸《そ》らす。

高遠もこちらに気づいた様子はあったけれど、内川や柚といるのを見たのだろう、とくになんの反応を見せることもなかった。

「なに、どしたの？」

希の反応に気づいた柚もつられたように視線を送り、そのあと喜色を浮《う》かべてみせる。

「うわ、唯川真帆！　ここで打ち上げやるんだ……。希、知ってた？」

「ううん。聞いてない」

ラッキー、と喜んでいる彼女にまた、紹介《しょうかい》しろのなんのと言われるかと希は首を竦《すく》めたが、考えてみればこの場には、柚と直接面識のある高遠がいる。

話を繋《つな》ぐつもりなら直接そちらに当たるだろうと踏《ふ》んでいれば、案の定そわそわとした柚は腰《こし》を浮かしかけた。

「行ってくれば？」

曖昧《あいまい》に笑みかけると、ごめんねと言いつつ我慢《がまん》できなかったのだろう。アンコールを抜《ぬ》けさせたのは自分のせいでもあるし、かまわないと首を振《ふ》った希に片手をあげて柚は席を立った。

「……いいのか？」

「うん？」

平気かよ、と問いかけてきたのは内川で、先ほどの件を気にしているのはよくわかった。高遠の姿を確認《かくにん》したあと、一度もそちらに目を向けようとしない希が気がかりなのだろう。

なんのことかと知らぬふりをしつつ、希はどんどん自分の顔が赤くなっていくのがわかる。それは先ほど、彼らの前で――柚の言葉を借りれば「のろけてしまった」張本人が立っているせいでもあるし、またそれだけでもない。

（な、なんか顔、見れない……）

先ほどのステージの記憶《きおく》が蘇《よみがえ》って、甘さと苦さが混沌《こんとん》としたような胸の痛みがある。

真帆に口づけられていたことや、女性客の秋波に感じた悔《くや》しさもまだ燻《くすぶ》っている。だがそれ

以上に、この夜の高遠の放った強烈《きょうれつ》な引力に、まだ気持ちが落ち着かないのだ。

(なんで俺、いまさらこんな)

そこに高遠がいるという事実だけで、ひどくあがっている自分に希は気づいてしまった。

やっとふたりでいることに慣れてきたはずなのに、もういい加減こんな感情にも慣れたと思っていたのに。

「おい、そんながばがば飲んで平気なのかよ」

「う、うん、大丈夫《だいじょうぶ》」

動悸《どうき》がひどくなって、落ち着くために手の中のグラスを空けた。冷たい喉ごしに一瞬《いっしゅん》はほっとするけれど、そのあとでさらにひどいほどの熱が襲《おそ》ってくる。

「やばいって、雪下」

「うー……？　だいじょぶ、だよ？」

なんだか気分がふわふわと頼《たよ》りない。顔が二倍にも三倍にも膨張《ぼうちょう》してしまったようで、椅子《いす》の背もたれに身体《からだ》を預けた希の表情は、緩《ゆる》みきったものになっている。

「なんか、気分よくなってきたもん」

「おまえそれ、酔《よ》ってんだって！　うわやっべえな……柚さん戻《もど》ってこねえし」

「やばいって、なぁに？」

焦《あせ》ったような内川の声も、なんだか遠かった。にこにこと意味もないまま笑いが溢《あふ》れてしまって、上機嫌《じょうきげん》のまま幼い口調で問いかけた希に、なぜか内川は息を呑《の》む。

「雪下、あのさ……」

一瞬の間があったあと、内川がなにかを言いかけた。しかしそれを遮《さえぎ》ったのは、希が決して目を向けまいとしている高遠たちの席からの、張りのある声だ。

「ちょっと信符……こんなかわいいお嬢《じょう》さんに頼《たの》まれてんだから、なんとか言いなさいよ」

「――……信符？」

さほど大きな声でもないのによく通る真帆の声はいま、確かに高遠を名前で呼んだ。ぴくりと身体が反応して、もう半ばまともに頭も働かない希が声のした方を振り返ると、そこには真帆を中心にした一団の姿があった。

「んもう、ごめんなさいね柚ちゃん。こっちに座る？」

切れ切れの会話を察するに、柚はどうやら高遠へ、真帆を紹介してくれと頼んでいたらしい。しかし面倒《めんどう》がって返事をしない高遠に呆《あき》れた真帆から逆に話しかけられ、柚は焦っていた。

「いえ、もうっ、あたしはそんな」

「いいのいいの、はい。……だから信符、そっちつめなさいよ！」

自分の隣《となり》のスペースを空けるため、ひとつ椅子を譲《ゆず》れと真帆は高遠の肩《かた》を押す。

「うるせえ女だな、相変わらず。そっち空いてんじゃねえか」

「あんたみたいな下半身に節操のない男の隣に、こんなかわいい子座らせてたまるもんですか」

いらっしゃいなと憧《あこが》れのひとに招かれて、柚はもう言うなりだ。普段は姉御肌《あねごはだ》の彼女も、迫力《はくりょく》の歌姫《うたひめ》の前ではひどく幼くさえ見えると、希はぼんやりその光景を眺《なが》める。

「かわいい子って、こいつがそんなタマか？」

「失礼な男ね……女ってものがわかってないし」

不興をあらわに眉《まゆ》を上げても、真帆はやはりうつくしい。ステージ衣装《いしょう》は着替《きが》えたらしく、いまはラフなVネックのニットを纏《まと》っているが、その粗《あら》い編み目からは黒いインナーがうっすらと透《す》け、魅惑《みわく》的な胸のラインを見せつけている。

「柚、気をつけろよ。こいつ酒癖《さけぐせ》悪いから」

「あら。誰《だれ》があんたに酒の飲み方教えたと思ってんの？　まったくもう生意気なんだから」

そのやわらかな胸を高遠に押しつけるようにしてからからと笑う真帆は、実際相当に酔っているようだ。店に来る前にもおそらく、会場での打ち上げもあっただろう。

ほんのりと赤い目元はステージで見たよりも化粧《けしょう》が薄《うす》かった。それによって彼女自身の容姿と色香《いろか》のようなものは倍増しになっていて、本当にきれいなひとなんだと希はぼんやり考える。

（……なんだろう）

あんな光景を見れば、きっと自分はまたショックを受けるのではないかと思っていた。それなのに、少しも、ぴくりとも感情が動かない。

（お酒で、平気になっちゃったのかな？）

それがアルコールによる鈍《にぶ》さだけでなく、これまでで最大の衝撃《しょうげき》を受けているせいなのだと、希は気づくことができない。

あげく、次に聞こえた言葉は、そんな希へ追い打ちをかけるように、際《きわ》どいものだった。

「だいたいねえ、いつまでももったいつけてないで、あたしのものになりなさいってば」

（なに……）

急激に血の気が下がり、次の瞬間《しゅんかん》にはまたそれが一気に頭に上る。あまりに激しい血流の乱高下に、希は一瞬本気で貧血《ひんけつ》を起こしそうになった。

「またその話か……」

「おっ、真帆姫大胆《だいたん》だねえ？　熱愛発言？」

うんざりとしたような高遠の声に、拗《す》ねた真帆が絡《から》む。面白《おもしろ》そうに冷やかすクマさんの声までもが神経をささくれさせた。

「クマさんも酔っぱらいの言うこと真に受けんなよ」

「ほらぁ、受け入れなさいよあたしの愛！」

「いらねえよ！　そんなうざってえの」

多分、酒の上の冗談《じょうだん》なのだろうとはわかった。けれども、真帆の声はまるで希に向けて発せられているかのように響《ひび》き渡《わた》る。

衒《てら》いなく互《たが》いに触《ふ》れる距離《きょり》の近さやなにげない言葉。いままでに見た女性の誰よりも親しげに言葉を交《か》わしているのが気に障《さわ》る。

高遠と真帆の間には、どこか奇妙《きみょう》に近しいような気配があった。

おそらくふたりの過去に——なにかしらの関係があったのだと察するに充分《じゅうぶん》なほどの。

「おい、雪下……出ようか？」

心配そうに声をかけてくる内川の声もまた、同じことを察したのだと教えられる。

「……平気、だよ？」

だが希はぎこちなく振《ふ》り返り、ただ微笑《ほほえ》んだ。顔を向けた先では内川がただ目を瞠《みは》っていて、しかしその表情の意味ももう、理解することができない。

「おい、雪下それ、柚さんの！」

小刻みに指が震《ふる》えて、視界が急激に狭《せま》くなった。そのまま手元も見ないで摑《つか》んだグラスは柚のもので、半ば氷が溶《と》けかかったウォッカを一気に流し込んだ瞬間、どかんと殴《なぐ》られたような衝撃が訪《おとず》れる。

「——……っ、なに、これ」

「ばか……！　そんなもん一気飲みすんな！　死ぬぞ!?」

青くなった内川に途中《とちゅう》でグラスをひったくられたが、純度の高いアルコールを一気に飲み干した希は、脳が沸騰《ふっとう》するような状態に目を回した。

「うわあ……、頭、くらくら、するよ……」

「あったりまえだよ！　ったく……すみません、氷水と、冷たいおしぼり下さい！」

うわんと世界が回る。座っていても目を閉じてもぐるぐるとする視界が気持ち悪くて、まともには座っていられず、希は肩を支えた内川の胸にもたれかかる。

「ねえ、希どうしたの？」

声に気づいたのか、酔っぱらいの大人に辟易《へきえき》したのか、柚が席へと戻ってきた。その手には途中でギャルソンに受け取ったとおぼしきグラスと、冷やしたタオルがある。

「なんか間違《まちが》えて柚さんの飲んじゃって」

「え！　あれ、ロックだったじゃん！」

困り果てた内川に柚もまた焦った顔をする。がんがんといやな疼《うず》きを訴《うった》える頭を抱《かか》えた希は、それらの言葉になんの反応も返せない。

「頭痛いよお……」

「ったく……大丈夫《だいじょうぶ》か？　ほら、水飲めよ」

心配そうな声を出した友人が、ひんやりとしたグラスを口元に運んでくれる。わななく唇《くちびる》でそれを半分ほど飲み干すと、渇《かわ》ききった喉《のど》にはひどく甘い。

息をついた希の顔に、冷たいタオルが押しつけられる。ようやく、息ができた気分だった。

「ちょっとこのまま、じっとしてろな。吐《は》き気したら、すぐ言えよ？」

参ったなあ、とため息をして背中をさする手のひらが大きくて、どうしてか高遠を思い出させる。なんだか急激に泣きそうになって、ぎゅっとそのタオルを握《にぎ》りしめた希は瞼《まぶた》を閉じる。

「ねー……うっちーさあ」

「ああ？　喋《しゃべ》らなくていいって」

喉に絡んだような声を発するたび、自分の呼吸で唇が灼《や》けるようで、希は軽く咳払《せきばら》いした。

「たかがキスって、言ったよね？」

「あ？　なにが？」

さっき言ったじゃないかと、拗ねきった声を出した希はいらいらと目元を覆《おお》うタオルをはずし、自分を支えた内川の顔を見上げる。

「……ゆき、した？」

視線が至近距離で絡んだ瞬間、内川は硬直《こうちょく》し、レンズの奥の瞳《ひとみ》を見開いた。その瞳を正面から見つめ返し、希は濡《ぬ》れて重い睫《まつげ》を瞬《また》かせる。

きつい酒に慣れない喉はひりひりと痛かった。発した声はかすれて、そのくせどこか濡れたような、幼く甘い響きになることを、希は理解していない。

「だったらうっちーには、あんなの、どってことないの？」

「いや、あんなのって、……おい？」

「キス。……平気なの？」

あの震えるような瞬間を、やわらかく甘い、なにもかも許すような行為《こうい》を知っていて、それで「たかが」と言えるのか。

だったら内川は誰としたんだろう。このすました友人は、恋愛《れんあい》さえもいつものように涼《すず》しい顔で乗りこなしていくのだろうか。こんな風に苦しく取り乱すのは、希だけなのだろうか。

「ねえ……誰と、したの？」

教えて、と告げる声はかすれ、瞳はどこまでも潤《うる》んで揺《ゆ》れる。

完全に絡み酒になってしまった希は友人の襟元《えりもと》を摑んで詰《つ》め寄《よ》ったが、彼はその問いよりも、希の変貌《へんぼう》に呆然《ぼうぜん》となっていた。

「な、なんすかこのエロくさいのっ!……柚さんちょっと、たす、助けて」

「うっわあ。希って飲むとこうなっちゃうの？」

アルコールに色づいた希の眼差《まなざ》しや、薄く開いた唇に滲《にじ》む色香は、すさまじいものがある。高遠が花開かせたそれは、とてもではないがいち高校生に扱《あつか》いきれる代物《しろもの》ではなかった。

「すっごいわ、なんかフェロモン全開？」

「俺の前で全開にされてもですね……っ」

いくら大人びているとはいえ、この手のことに慣れていたわけではないのだろう。どうしていいのかわからなくなったらしい内川は普段《ふだん》冷静な顔を茹《ゆ》だったように赤らめ、目を白黒させるが、傍《かたわ》らの柚は興味津々《しんしん》の顔つきをするばかりで、少しも助けになりはしない。

「ちょっと、雪下！　寄っかかってないで、はな、離《はな》れろって」

「やーだぁ……」

友人の焦燥《しょうそう》には気づかないまま、希はくたくたとした身体《からだ》をさらに縋《すが》らせる。そのまますりと腕《うで》を伸《の》ばし、首にしがみついてしまったのは、いつもこの位置にある男に向けて甘えるときのくせが出たからだ。

「うっちー答えてないよう。誰としたの？　どういうのした？」

「ど、どう、どういうのって」

目の焦点が合わない。見上げる友人の顔もぼんやり霞《かす》んでいるのは潤んでいく瞳のせいだ。幾度《いくど》も瞬《まばた》きをしてそれを払《はら》い、自分ではいつもの口調のつもりで希は問う。

「ねえ、教えて……？」

「おし、教えて、って、ど、そ……っ！」

唇が乾《かわ》いて、無意識のままそこを舐《な》めた。柚はもう赤くなって声もない。内川はそれこそ涙目《なみだめ》で悲鳴を上げた。

「だ、誰《だれ》かこれなんとかしてくれよ！　なんなんだ、これっ⁉」

彼が知りたがっていた――内川言うところの希の『魔性《ましょう》っぷり』とやらは、自身に向けて発せられれば観察どころではなかったらしい。ただもう焦って逃《に》げ惑《まど》う友人の心の裡《うち》もわからず、希は怪訝《けげん》に眉《まゆ》を寄せた。

（なんでこんなに困ってるんだろ？）

きょとんと首を傾《かし》げて、どうしたのと見つめる希がさらに内川を覗《のぞ》きこもうとした、そのときだった。

「んにっ⁉」

半分意識を飛ばしていた希は、突然《とつぜん》襟首を摑まれて奇妙な声をあげた。がくん、とうしろに引っ張られてわけもわからず、倒《たお》れかけた身体を支える誰かの胸に、そのままもたれかかる。

「……そこまでにしとけ」

ほよん、とした目を向けた先、そこには鬼《おに》のような形相をした高遠が立っていた。いつからいたのか希にはわからなかったが、広い肩《かた》には怒気《どき》が漲《みなぎ》っている。

「んー？　ん、あ、……たかとぉさん？」

「なにやってんだおまえは……っ」

押し殺したような声で希をひとつ叱《しか》りつけ、そのあと彼はゆっくりと声のトーンを落とし、柚と内川へ視線を向ける。

「おまえら……なんだからってこんなに飲ませた？」

「い、いやこれは不可抗力《ふかこうりょく》で」

どういうつもりだ、と問う声は、地を這《は》うように低かった。他意はありませんと必死にかぶりを振る内川の横で、柚もまたこくこくと頷《うなず》くしかできなくなっている。

「なんらよ……たかとーさんなんか、関係ないじゃん」

その緊張《きんちょう》しきった様子が可哀想《かわいそう》になり、また偉《えら》そうな高遠にもむっとなった希は背後からの腕を振り払った。反動でまた内川の身体に抱《だ》きつく形になり、彼は「ひえっ」と悲鳴を上げる。

その姿に、高遠の長身からは殺気じみたものが溢《あふ》れ出し、内川はさらに凍《こお》りついた。

「希……いい加減にしろ」

「やだ。まだ、うっちーと飲むんらもん」

呂律《ろれつ》の回らない希にぎゅうっと抱きつかれ、硬直しきった内川は震える声で懇願《こんがん》する。

「……ゆき、雪下。悪いこと言わないから、離れて」

「なんれー？　いいじゃんっ」

「お、おまえは俺を殺す気か……‼」

真っ向から高遠に睨《にら》みつけられ震《ふる》え上がるまま「いいから離れてくれ！」とわめいた内川に押し戻《もど》され、くにゃくにゃになった身体はまた高遠の腕が支える。

「もーっ、なに、やらっ！」

「出るぞ」

広い胸に引きずり寄せられ、長い腕の中で希は気の荒《あら》い猫《ねこ》のようにいらいらと暴れた。せっかくふわふわといい気分でいるのに、なぜか高遠に触《ふ》れられるとその感覚が霧散《むさん》してしまう。

「知らないってば、やーだっ、まだ飲む！」

「うるさい！」

「うるさくないっ！　なんれ邪魔《じやま》、すんのっ？」

一喝《いつかつ》されて、普段ならそれで臆《おく》してしまうくらいの強い声にも、酔《よ》った希は引かなかった。

だがほとんど抱《かか》え上げるようにして腰《こし》を抱いたまま足早に歩く高遠には抗《あらが》い切れず、結局は店をそのまま出る羽目になった。

「やーっ……玲ちゃん……っ」

ほとんど拉致《らち》されるような状況《じようきよう》に、思わずもっとも頼《たの》みとするひとの名前を呼ぶ。それさえも気に入らない様子で、階段を上るときにはついに希を横抱きにした高遠は厳しい声で告げた。

「いねえよ、いまは事務所に行ってる」

「うー……！」

長い脚《あし》が一歩一歩上るたび、伝わってくる振動《しんどう》に落っこちそうになる。不安定な体勢が怖《こわ》いから、肩《かた》にしがみつくしかないのもまた歯がゆい。

「乗れ、ほら！」

「あうっ」

駐車場《ちゆうしやじよう》まで来たところで地面に下ろされ、突《つ》き飛ばすように助手席へ詰めこまれた。

なにをするんだと抗議《こうぎ》する暇《ひま》もないままドアが閉められ、きつい表情をしたままの高遠が隣《となり》の席に乗りこんでくる。

（う……ぐるぐるする）

希はといえば、酔った状態で担《かつ》ぎ上げられたおかげで眩暈《めまい》がひどくなっており、もう状況判断もつかないまま車に乗ったときには口もきけない有様だった。

「なに考えてんだおまえは、まったく！　酒なんざろくに飲めないくせにあんなになるまで飲むな！」

「あんな……て？」

吐《は》き捨てた高遠がエンジンをかけ、苛立《いらだ》たしさを剝《む》き出しにしたような、荒っぽい運転で車は走り出した。希はぼうっとしたまま怒《いか》りをあらわにする高遠を見つめるばかりだ。

「だいたいいつも言ってるだろうが、人前で隙《すき》のある顔すんなって。しかもあいつと一緒《いっしょ》のときにあれじゃあ、俺が一方的に悪いなんて言えた義理か！」

「悪い、て、なに」

さんざん説教されているようだったが、言葉はすべて素通《すどお》りしていく。ふやけたような酔いは既《すで》に全身を巡《めぐ》っていて、ふわふわと身体中が浮《う》き上がるような感覚がひどくなっていた。

ぐるぐる、世界が回っている。走る車の振動も相まって、希は急激に酔いを覚えた。

恐《おそ》ろしく視野が狭《せま》くなったかと思えば、突然すべてが見通せるような気分にもなる。そのズームインとズームアウトを繰《く》り返すような視界の中で、不意に飛びこんできたのは赤い色。

「聞いてんのか、希？」

いらいらと小言をたれる高遠の口元に、少しだけ残ったルージュの汚《よご》れに、胸が痛い。

（……赤い）

あでやかで鮮《あざ》やかな真帆の唇《くちびる》が、触れた証《あかし》に気づいた瞬間《しゅんかん》、希はその浮遊感《ふゆうかん》がすべて消え失《う》せ、どこか底のないような深みに落ちていく気がした。

「……希？」

返答のないことにも苛立ったような高遠は、きつく睨むようにして視線を流してくる。そしてその一瞬後《いっしゅんご》、彼は絶句して目を瞠《みは》った。

「おまえ、なに、……泣いて」

「……っ、しらな、もん」

見開いた目から大粒《おおつぶ》の涙をこぼし、唇を嚙《か》んでただ子どものように泣き出してしまった希に、高遠はひどく驚《おどろ》いていた。

「おい、今日のは泣いても、おまえが悪いだろ」

「違《ちが》うも……っ、ばか！」

「うわ！」

運転中の男は、いきなり手のひらで頰《ほお》をはたかれて驚きの声をあげた。一瞬ステアリングを切り間違った車は大きく蛇行《だこう》し、高遠の顔にもさすがに焦《あせ》りと怒りが浮かび上がる。

「おまえ！　いきなり、なにを――」

「こんなのつけて、俺の前にいるなっ！」

しかし希のその手のひらは、引っぱたいたかとおぼしき動作を見せたあとにも離《はな》れず、ぐいぐいと高遠の口元を拭《ぬぐ》っている。その動作にはっとなったように、高遠は口をつぐんだ。

「し、信符ってなに⁉　あたしのものになれって、なに⁉」

「希、おまえ」

「なんでみんな高遠さんのことそやって、呼ぶの⁉」

希は鼻を啜《すす》りながら高遠の口元を拭っていたが、もうよせと腕《うで》を摑《つか》まれてようやく、別の意味で赤くなったそこから手を離す。手首をきつく締《し》め上げられ、痛みに顔が歪《ゆが》んだ。

「なんで俺の前で、ほかのひととキスすんの、なんで、よけないんだよっ！」

「あのな……あれは、あいつの冗談《じょうだん》みたいな」

「冗談でもなんでもやだ！　絶対やだ……っ」

アルコールに理性を吹《ふ》き飛ばした希は、燻《くすぶ》っていた嫉妬《しっと》心《しん》を剝き出しにして泣きわめく。酒の威力《いりょく》というのは本当に強烈《きょうれつ》で、どうにも感情がおさまらない。普段《ふだん》なら堪《こら》えているだろう言葉もなにもかも、全部一気に迸《ほとばし》って、自分でももうどうしようもないのだ。

「ほかのひととキスしたら、やだ……！」

言いながらその事実を再確認《かくにん》して、希はただ哀《かな》しくなった。どうしてあんな場面を自分が見なければいけなかったのかとただそればかりで、なじる言葉も嗚咽《おえつ》に紛《まぎ》れて消えていく。

取り乱した姿に、処置なしと思ったのだろう。適当な路肩《ろかた》を見繕《みつくろ》い、高遠は車を止めた。

「……おまえそれで途中《とちゆう》で抜《ぬ》けたのか」

行動にも言葉にも一貫性のない希に、高遠は呆《あき》れているようだったが、むしろその声は先ほどよりも機嫌《きげん》がいいような響《ひび》きがあった。

不思議に思っていれば頭を抱えこまれて、希は広い胸にしがみつく。

「……っ、ひっう、……うえっ」

「まさかああ来るとは思ってなかったんだ。不意打ちでよけ損《そこ》ねた」

髪《かみ》の毛を揺《ゆ》らした吐息《といき》があたたかく、涙《なみだ》に強《こわ》ばっていた背中を何度も撫《な》でられた。えづくように泣きながら、その手つきに安堵《あんど》と忌々《いまいま》しさを同時に感じて歯がみしたくなる。

「他意はないんだから、そう怒《おこ》るな」

「自分のこと、棚《たな》にあげて……！」

そっちこそなにもない希にたいがいなことをしたくせに、ふてぶてしく笑う高遠が腹立たしい。けれど、宥《なだ》めるような口づけを頬に落とされると、結局ごまかされてしまいそうになる。

「おれが、なっちゃんとキスしたら、すごい怒ったくせに……っ」

それもあんな一瞬の接触《せつしよく》で、許さないとばかりに責めたくせに。自分は逆らいもしないであの肉感的な口づけを許して、それが仕事だなんて居直った。

「もうやだ、……もうほかのひととしてるの見るの、絶対、やだ……！」

「希……」

あんまりだとなじる間に、また怒りともつかない涙がこみ上げてくる。ぐっと唇を噛んでそれを堪え、自分の指で乱したシャツの隙間へと希は唇を押し当てた。

そこからは、隣にいてしなだれかかっていた真帆の残り香《が》だろう、甘く華《はな》やかなフレグランスが漂《ただよ》っている。

「匂《にお》いまでついてる……」

「うわ、だから、泣くなって……いてっ！」

むかむかとなりながら、もうどうしようもなくなって希はその首筋に噛みついた。

不安なのはなにも、口づけた瞬間を見てしまったせいばかりではない。真帆と高遠の親しげな様子の中に漂う、どこか許し合った気配に、彼らの過去が透《す》けてしまったせいだった。

鈍《にぶ》い鈍いと言われる自分なのだから、そんなものに気づかなければいっそ、よかったのに。

「あのひととしたの……？　ここも、……ここも、触《さわ》らせた？」

問いには答えがなかった。口は重いが嘘《うそ》をつかない高遠の沈黙《ちんもく》は、こんなときにはひどく雄《ゆう》弁《べん》で、ひどいと希はしゃくり上げる。

「したんだ……っ！」

肯定《こうてい》も否定もなく、腹を立てながらも仕方ないとも思っていた。違うと言われても結局希は疑ってしまうし、頷《うなず》かれればもっと傷つく。

それをわかっている高遠は結局、泣き出した希に手を伸《の》ばして、髪を撫でるだけだった。

「――……教えてほしいのか？」

「やだ、言わないで！」

問われて、だから叫《さけ》ぶように希はかぶりを振《ふ》った。そのまま首筋に噛みつくようにして、シャツの隙間に手を差し込み、高遠の身体《からだ》を撫でさすった。

希の肌とは違う、なめした皮のように張りつめた高遠のそれには、きつく吸いついてもなかなか痕《あと》が残らないことにも腹が立つ。

「痛《いて》ぇよ……希」

「うるさいっ」

苦笑《くしょう》しながら許す高遠にも、癇癪《かんしゃく》を起こすしかできない自分にも、なにもかも苛立って歯を当てた。その子どもじみた行動に、高遠は低く忍《しの》び笑って口を開く。

「ひとつだけ、教えてやる」

「聞きたくない……っ」

「いいから聞けよ」

喉奥《のどおく》で笑うままの高遠に、咄嗟《とっさ》に耳を塞《ふさ》いだ手のひらを掴まれた。いやだともがいても腕を摑む力は強く、希はくしゃくしゃになったままの顔を舐《な》められる。

「いままでの女とは、全部、一度しか寝《ね》たことがない。面倒《めんどう》だったからな。飽《あ》きるし」

「……っ聞きたく、ないって」

ひどいことを言って、嫣然《えんぜん》と笑う高遠に希はただ睨《にら》むような視線を送った。だが、きつい視線すらどこか嬉《うれ》しげに受け止められ、希は悔《くや》しいと唇を嚙む。

「俺から手を出したのも、おまえしかいない」

その言葉に胸の奥で煮《に》えたぎっていたものが一瞬だけ薄《うす》くなる。その隙《すき》をつくように、耳元を嚙みながらさらに高遠は言葉を続けた。

「おまえとはもう、何回やったか……覚えてねえけど」

「そ……っ」

ぞくっと背中が震《ふる》えて、しがみついた肩《かた》に爪《つめ》を立てた。

ずるい、ひどい、最低。言ってやりたいことはいくらもあって、しかし背中をゆるやかにひと撫でされただけで、もう希はぐずぐずになってしまう。

「飽きるどころか、たかがダチに妬《や》くくらいの俺の方が、どうしようもないだろう、希」

ほどけかけた唇を吸われて、くらくらする。なんて弱いのだろうと悔しくて、けれど抗《あらが》えないまま舌まで舐められた。

「そ……なの、勝手」

「その勝手な男のこと、ここまで振り回してんのもおまえだけだろ」

言ってることはまるっきり身勝手で、それなのに嬉しい自分はばかだろうか。そんな気持ちで見つめた先、暗い車内でも輝《かがや》いている蜜色《みついろ》の瞳《ひとみ》に、いっそ騙《だま》されてしまいたいのだ。

「……俺も」

「うん？」

けれど今夜は、甘い口づけや抱擁《ほうよう》だけでごまかしきれないほどの痛みが燻っているらしい。何度も耳朶《みみたぶ》を噛《か》まれながら、希はふと不安を覚えて問いかけた。

「いつか、俺も、……俺のことも、飽きちゃう？」

「じゃねえから困ってんだろ」

吐息だけの声でそう囁《ささや》かれる頃《ころ》にはもう、まともに頭など働かない。それでもぐずるのは結局、ただ甘えさせてほしいからだ。

「でも……だって、信符って」

不安で哀しくなった気持ちをぶつけて、そのまま許されたい。その願いをわかっているかのように、面倒なと吐息しつつも高遠は言葉を惜《お》しまなかった。

「名前呼ぶのも、あいつは海外が長いし。それと知り合ったのが、俺の名字が変わる頃にかぶってたからだ」

ややこしくなるんで、あの時期の知り合いは皆《みな》、下の名前で呼ぶ。それ以上の含《ふく》みはなにもないと言われて、それでも納得《なっとく》できずに希は唸《うな》った。

「……お客さんも、信符さんって言ってたもん」

「おい、んなことまで俺が知るかよ」

責任の範疇《はんちゅう》じゃないだろうと高遠が嘆息《たんそく》して、それでもいやだと希は縋《すが》りついた。だだをこねて、それでも怒る様子のない高遠を、もっと見てみたかったからかもしれない。

普段されていることの意趣返《いしゅがえ》しの気持ちもほんの少しあったし、それ以上に不安な身体《からだ》をもっときつく抱《だ》きしめられたいという訴《うった》えでもある。

「俺も、信符さんって……呼んでみたい」

「……あ?」

「だめ……?」

ぐすぐすと鼻を鳴らしながら、上目に窺《うかが》う。その視線に一瞬《いっしゅん》高遠はたじろぎ、なぜか少し赤くなって唸る。

「だめ、っていうか……いや、なんでだ?」

「だって、その方がなんか、……特別っぽい」

甘ったれた声で告げ、濡《ぬ》れた鼻先を高遠のシャツに擦《こす》りつけた。その仕草は幼さを滲《にじ》ませるくせに猫《ねこ》のようにしなやかで、どこか誘《さそ》うニュアンスが強かった。

「……信符さん」

いままでとは違《ちが》う呼び名で名前を呼ぶ、たったそれだけのことなのに、肌の内側まで近づいたような高揚《こうよう》が襲《おそ》ってくる。

歯形がつくほどに首筋を噛んで、そのあとにゆっくりと舌で辿《たど》った。そうしながら、高遠がなぜいつも執拗《しつよう》に痕を残したがるのか、わかった気がした。

この人は自分のものだとそうして、誰《だれ》かに言ってしまいたい。危《あや》ういような子どもじみているような感情を、希ははじめて実感する。

「勘弁《かんべん》しろよ……それは」

信符さん、ともう一度、ため息のような声で呟《つぶや》くと、困り果てたような声の高遠に軽く髪を撫《な》でられる。

「なんで？　だめ？」

「だめじゃねえけど、まずい」

名を呼ぶたび、高遠は顔をしかめているけれども、不機嫌《ふきげん》な感じはない。むしろなにか、嬉しげな気配さえもあって、希は首から辿った唇《くちびる》をその長い髪《かみ》に隠《かく》れた耳元へと運んだ。

「しのぶ、さん……信符さん、すき」

「っ……おい、この、酔《よ》っぱらい……っ」

煽《あお》るのもたいがいにしろと睨まれて、次の瞬間《しゅんかん》噛みつくように唇が奪《うば》われる。

「んん、ん……っ」

舌を噛まれて、吸われて、同じように希も返しながら、離《はな》すまいと広い背中を抱く。痛いような口づけの合間、高遠の方が早く息を切らして、怒《おこ》ったように唇を離された。

「特別なんて、そんなもん……とっくだろ」

「ふあっ、あ……」

なにか大事なことを聞かされた気がしたが、もう高遠の声さえもよく聞こえないような興奮が襲ってきて、希はただ喘《あえ》ぐほかできなくなる。

この日一日揺《ゆ》れ続けた情緒《じょうちょ》に後押しされてしまえば、求めるものはひとつしかない。

「信符さん、……して」

内川に向けていたときの眼差《まなざ》しより、数倍は濡れたそれでじっと見つめる先の男は、なにかを堪《こら》えるような、そのくせに嬉しげな顔をしている。

「うん？」

「ほかのひとに、しないこと、して……？」

濡れた目元に、長くうつくしい指が触《ふ》れた。希を震わせ夢中にさせるあの音楽を奏《かな》でる手のひらが、頬《ほお》を滑《すべ》って唇をつまむ。

「事故られたくなきゃ、そのまま黙《だま》ってろ」

「ん……？」

硬《かた》い指先に弄《もてあそ》ばれて、もどかしさに腰《こし》が震える。吐息《といき》した高遠に、それはなぜと目で問うけれど、瞳だけを危うくしたまま曖昧《あいまい》に笑う横顔は答えない。

ただ、唇に含まされた指の淫《みだ》らな動きだけが、彼の気持ちを物語っていた。

＊　＊　＊

高遠の部屋のベッドになだれこんでしばらく、希は口づけをほどこうとはしなかった。

「おい、こら、……これじゃなにも」

「んー……っ」

普段《ふだん》なら長い口づけに音を上げるのは希の方だ。けれど今日はいくら息があがっても苦しくても、やめたくはなかった。

横たわる高遠の上に乗り上がって、音を立てて何度も唇を啄《ついば》み、舌を蠢《うごめ》かす。その必死になる理由を知ってもいるからか、苦笑《くしょう》混じりに咎《とが》める高遠は、とくに抗《あらが》うことはしなかった。

「ん、う、ふっ」

ただ黙って希の苛立《いらだ》った口づけを受け止め、かたくなな舌を自分のそれでやわらかく巻き取る。濡れた音を立てる唇をそのままに、腰にまたがったため開ききった脚《あし》の内側から、布越《ご》しに何度も撫で上げてきた。

「あ、あふ……！」

「もうギブアップか？」

敏感《びんかん》な内股《うちまた》を何度もしつこくされ、腰が跳《は》ねる。思わず唇を離すとそのままシャツを捲《まく》りあげられた。

「あは、う……っ、う、んっ」

脇腹《わきばら》を手のひらが滑るだけでも力が抜《ぬ》けて、くったりと倒《たお》れこむ。しんなりとなった身体はそのまま高遠に転がされ、なぜか靴下《くつした》だけ脱《ぬ》がされる。

「おまえ、真っ赤」

「んあ……？」

足の指までも赤くなっていたらしい。火照《ほて》ったそこには体温の高い高遠の手のひらさえ冷たく、びくびくと希は肩《かた》を震《ふる》わせた。

「あつい……」

肺の奥にたまった酒臭《くさ》い自分の息が苦しくて、希はすべてを吐《は》き出すように深い息をつく。それを促《うなが》すように、足先から這《は》い上がった高遠の手のひらがシャツ越しの胸をさすった。

アルコールのせいで鈍《にぶ》っている皮膚《ひふ》感覚が、もどかしさばかりを募《つの》らせるようだ。圧力と、感触《かんしょく》はある。しかしそれがどこか、いつものように直接の性感に響《ひび》いてこない。

「もっと、さわって……っ」

希は爪先《つまさき》まで染め上がった身体をシーツの上でくねらせ、せがんだ。いつもなら軽くされるだけで泣き出すような尖《とが》った胸の先をつままれても、どこかまだ足りない気がする。

「触《さわ》ってるだろ」

「や、もっと……強くして」

足りないからと広い胸に縋り、苦しいような動悸《どうき》と自分の吐息の熱さに悶《もだ》えた。

「ふあ！　あ、はぁ、うんっ！」

せがんだとおりきつくつねられ、そのあとで唇に吸い上げられると、とんでもないような声が溢《あふ》れて止まらない。

「あ、あ、んん……嚙んで、も、いいから……っ」

「……えらく、今日は」

反応の激しさに驚《おどろ》いたような、そのくせ嬉《うれ》しそうな顔を見せた高遠の肩を縋るように摑《つか》み、だって、と希は喘ぐ。

「あ……なの、見せる、から」

ライブの最中、きつい表情で周囲を睥睨《へいげい》するばかりだった高遠に、もうずっと煽られていた。一年前の春に見つけたものと同じ種類のそれは、どこまでも希の情感を燃え上がらせる。

「あんなの、あんな顔……よそでしたら、やだ」

普段自分が言われているそれをそのまま、高遠へと投げ返す。しがみつき、すらりとした首筋に吐息を押しつけながら、結局はこれが言いたかったのだと希は思った。

「信符さんの、あんな顔、俺にしか見せないで」

大人で、おそらくはたくさんの人肌《ひとはだ》を知っているだろう高遠に対し、あまりにも自分は小さくて、長いこと好かれている自信はないままだった。

強気にもなりきれないまま、諦《あきら》めて泣いていたこともある。もういいと、自棄《やけ》混じりでこの腕《うで》から逃《に》げようともして、そのたび引きずり寄せられた。

そうして内側から変えられて、怯《おび》えていた脆弱《ぜいじゃく》な自分を壊《こわ》されて。なにもなくなったその中に、狂《くる》おしい想《おも》いだけを溢れるくらいに詰《つ》めこんだのは、この男なのだ。

だからもう、いいのだ、きっと。

きついアルコールに理性を飛ばした希は、ただ自分が思うままに身体を動かす。

「おい、……希？」

目の前にある、すっきりした喉元《のどもと》から鎖骨《さこつ》。ひどく喉が渇《かわ》いて、無意識のまま差し出した舌がその硬質《こうしつ》なラインを辿《たど》る。

長い髪に隠れたこの首筋も、逞《たくま》しく張りつめた胸元《むなもと》も、あの赤い爪先が触れていた。思い出せばそれだけで胸が焼けるようで、一瞬《いっしゅん》だけ噛《か》みしめた唇からは火のような息が零《こぼ》れていく。

「ん、……ん」

車の中でしたように手のひらをあてがい撫でさすって、それでも足りなかった。

執拗《しつよう》なまでに吸いついて舌を押し当て、まるで真帆の残した痕跡《こんせき》を消すかのように希は高遠の肌を舐《な》めあげる。

「ちょっと、おい。またそれか？」

「んう、……やだっ」

のしかかるようにした希に面食《めんく》らったのか、困惑《こんわく》したような声を出した高遠が身体《からだ》を離そうとする。許せないままむずかるような声を出し、希はかぶりを振《ふ》ってさらにしがみついた。

「やだじゃなくて。おまえ、どうしたんだ」

「ここも、あのひと触ってたもん……そんなの、やだ」

普段より舌足らずな拗《す》ねたような口ぶりに、高遠は嘆息《たんそく》して動きを止めた。その薄《うす》い唇の端《はし》にはルージュの汚《よご》れがついていたことをふたたび思い出して、希の頭に血が上る。

「だから、あれはそんなんじゃねえってのに……まあ、いいけど」

心配ならせいぜい、その気にさせてみろ。苦笑《くしょう》するように煽《あお》るように高遠は告げて、希はこくんと頷《うなず》いた。

「する……」

呟《つぶや》き、中断していた愛撫《あいぶ》を仕掛《しか》けるため、希はそろそろと手のひらを硬い胸に這わせた。

シャツをはだけると、張りのある硬い身体があらわになる。きつく引き絞《しぼ》られた形よい筋肉にも、その逞しさにも、どうしてこんなにくらくらするのだろう。

「……からだ」

「ん？」

なんでもない、と希はかぶりを振る。柚たちに告げたときにはとても言えなかったけれど、希が高遠を好ましく思うのは、このしなやかで引き締《し》まった身体を感じる瞬間にもあるのだ。

（身体がかっこいいって思うの、ヘンかな……）

必要なだけの力を蓄《たくわ》え、そして鍛《きた》えられている広い胸にきつく噛みついて、その痕《あと》をまた舌で撫《な》でているうちに、なめらかで硬い感触に夢中になる。

「んん……っ」

子猫《こねこ》がじゃれつくように、小さく出した舌を高遠の身体に這い回らせる。

骨の浮《う》いた肩から逞しい二の腕の付け根、普段高遠が触れるのと同じ道筋を無意識に辿って いくうちに、希は息を弾《はず》ませていた。

「信符さん……？」

「……ん？」

広い胸の上、希が触《ふ》れられればひとたまりもない場所を甘く噛んでも、高遠はくすぐったそうに笑うばかりだ。

（なんにも、感じない？）

自分の施《ほどこ》すものなど結局は、高遠になんの熱を与《あた》えることもできないのかと悔《くや》しくなって顔を上げた希は、しかし次の瞬間びくりとその身体を強《こわ》ばらせる。

「あ、……しのぶ、さっ」

「いいから」

きりきりと引き絞られた腹筋の上に舌を這わせていた希が気づけば、捩《よじ》れた腰《こし》を抱《だ》き寄せられ、高遠の顔をまたぐようにして彼の身体に乗り上がらされていた。

(な、なんかすごいかっこ……)

やにわに正気づき焦《あせ》って浮かせた腰を高遠の長い腕は軽々と掴み、逃げるなと引き寄せる。

「続けろよ」

「あ、でも……!」

一言呟くなり、ひどく危険に笑う高遠がくわえているのは、希のカーゴパンツのジッパーだ。薄い唇《くちびる》から並びのよい歯を覗《のぞ》かせた彼は、ゆっくりと顔を仰《の》け反らせるようにしながら前立てを開いていく。

「あ……っ」

そのごく小さな音にも、微弱《びじゃく》にすぎる振動《しんどう》にも、おそろしく感じて力が抜《ぬ》けた。がくりと肘《ひじ》が折れて、それでも完全に崩《くず》れ落ちてしまえば高遠の顔にあの場所を押しつけてしまう。

必死に腰だけを浮かせれば、目の前には長い脚《あし》と、そして——明らかに熱を孕《はら》んだ場所とがあって、希は一瞬で逆上《のぼ》せあがった。

「もう、しないのか?」

「あ、たか、高遠さ……」

「信符だろ?」

どうしようとうろたえる間にもどんどん希の下肢《かし》は暴《あば》かれ、下着ごとパンツが引き下ろされる。晒《さら》された腿《もも》をやわらかく嚙まれて、許されたばかりの恋人《こいびと》の名前を紡《つむ》ぐ頃《ころ》には、指先が勝手に高遠のそれを撫でていた。

「信符さ……これ」

「してくれるんだろう。続けろよ」

唆《そそのか》す声に抗《あらが》えない。同じようにしろと言われてもうなにも考えられず、夢中になって震える指を動かした。

頭がくらくらするのは慣れないアルコールのせいなのか、この恥《は》ずかしい体勢によるものか。それとも——自分の手で暴いた、高遠の欲望のせいだろうか。

「い……一緒《いっしょ》に、する、の？」

乾上《ひあ》がりそうな喉で唾液《だえき》を嚥下《えんか》して、発した声はもう欲情にかすれていた。そして、希の問いは言葉では答えてもらえない。

「あ、うん……っ、や、きゅ、急に……」

びくびくと背中を震《ふる》わせながら突然襲《とつぜんおそ》ってきた愉悦《ゆえつ》を堪《こら》え、希も指の中に高遠を包みこむ。

「急に？」

「そん、……なめないで……」

消え入りそうな声で呟きながら、希は両手の指を使って放熱するようなそれをそろそろと撫でる。なめらかな感触《かんしょく》に喉が乾上がり、無意識に唇を舐めて、自分がどうしたいのかを知る。

「……ん、く」

先端《せんたん》を手のひらでくすぐり、ゆるやかに啄《ついば》んだ。次第《しだい》に湿《しめ》り気を帯びてくるそれをさらに濡《ぬ》らすように、拡《ひろ》げた舌で周囲をなぞり、そうしてからゆっくりと唇の中に含《ふく》む。

「上手《うま》くなっちまったよな……」

「ん、……ん？」

ぽつりと呟く高遠の声に、苦さと照れを同時に感じた。恥ずかしいくらいに開いた唇で恋人の性器をあやしながら、やっと愉悦を与えることのできた実感に希は小さく笑う。

確かに口淫《こういん》にも慣れて、高遠の感じるところもだいぶ覚えたとは思う。けれどそれはただ、技巧《ぎこう》を会得《えとく》したわけではない。

（感じてくれる、かな）

ほんの少しでも気持ちよくなってほしくて、ただひたむきに触れているだけのことだ。

希も高遠から、同じようにされてきた。やわらかく甘く、蕩《とろ》けてくれと願うように触れられた時間、その幸福な感覚は、なによりも身体が知っている。

「信符さん……これ、い？」

「ああ」

ひとから見ればずいぶんな行為《こうい》だとは思う。多分こんな風に触れる必要も、本当はない。

それでも、希にとって高遠とのセックスは、いたずらに、体感だけを追い求めるばかりのものではなかった。

その気になれば噛み千切ることのできる薄く硬《かた》い歯を秘《ひ》めた唇の愛撫は、どうかすれば身体を繋《つな》げることよりも気を遣《つか》う。どこまでも許して、こんな場所まで明け渡《わた》してなお、傷つけないと知らせるための、危《あや》うい確認《かくにん》行為でもある。

だから、できるだけやわらかくやさしく、吸い上げる。教えられてきたままに、いままで彼が施したその情の激しさを、そのまま返すように。

「あふ、んっ！……んふ」

きゅっと絞り上げるような感覚を与えられ、腰が跳《は》ねた。大きく開いた唇から甘ったるいような声が溢《あふ》れて、上顎《うわあご》の裏を高遠の先端が滑《すべ》る。

ぞくぞくするようなその刺激《しげき》がもう一度欲しくて、先ほどよりさらに深く呑《の》みこみながら、うずうずと揺《ゆ》れる身体《からだ》を必死に堪えた。

だが、その少し先にある深い場所へと指が触れれば、希の忍耐《にんたい》も不可能になってくる。

「ん──……！　ん、んっ！　あ、いれ、いれないで」

「いれて、だろ」

しんと静まった部屋の中には、喉声《のどごえ》で喘《あえ》ぐ希の声に混じり、荒《あら》い息づかいと卑猥《ひわい》な水音が聞こえるばかりだ。舐《な》めあげれば甘噛《あまが》みされ、吸いこむと指で扱《しご》かれる。

「そん、……やだぁっ、……ああ、開いちゃう……！」

「いいから、ほら。もっと腰、あげな」

呼応するかのような愛撫の動きに、お互《たが》いがお互いを追い込んでいくようだった。どろどろとした濃厚《のうこう》な官能はひたすら腰にたまってわだかまり、行き場を探して身体中を駆《か》ける。ぬめりを帯びたものに危うい場所を撫でられ、かつて与えられた際《きわ》どい愛撫を想像する。恥ずかしくて怖《こわ》くて、やめてと泣きじゃくったけれども、蕩けそうに感じたそれが欲しくなり、希はひくひくと喉を鳴らして叫《さけ》んだ。

「信符さん、あれ、あれして、……して」

もうまともな状態ではなかったのだろう。焦《じ》らされて唆されたあげくにせがむことはあっても、意識が残っている間に自分からこうしてほしいなどと、希は求めたことはない。

「うん……？」

「あの、……あそこに、……あの、奥……」

はしたなく脚を開いて、呆《あき》れられるかもしれないと思った。だがそれより、高遠の舌に触れてほしい衝動《しょうどう》が止まらない。

「……舐めて、ほし……」

すすり泣きながら消えそうな声で告げた瞬間《しゅんかん》、かあっと身体中が熱くなった。なんていやらしくなってしまったのだろうと羞《は》じらうけれど、我慢《がまん》しきれない。

ふわっとその場所に吐息《といき》がかかって、高遠が笑ったのがわかった。反応がよくわからなくて肩《かた》を竦《すく》め、希がひやりとしたものを覚えたのは一瞬だった。

「んー……っふ、あ！　ああ、あっ！」

なにかぬらりとしたものが、脆弱《ぜいじゃく》なそこに押し込まれた。怯《おび》えるよりも先、熱く濡れたものに溶《と》かされて、そこから先はもうただどろどろと、骨のないような生き物に変わっていく。

「あ……うんっ、濡れ、ちゃう、濡れちゃう……っ」

自分がなにを言っているのかさえもわからず、ただひたすらに喘ぎながら目の前にあるものに縋《すが》りつく。高ぶった高遠の熱を喉の奥まで含んで、懸命《けんめい》に、与えられた分を返すようにとそう思って、必死に舌を蠢《うごめ》かした。

背中に汗《あせ》が滲《にじ》んで、服が肌《はだ》に重くまとわりつく。半ばまで引きずり下ろされた布地が膝《ひざ》の動きを拘束《こうそく》して、もどかしい。

「……脱《ぬ》ぐか？」

「っ、ん……ぬぐ」

高遠の腹にしがみつくようにしながら、身悶《みもだ》えるうちに胸までめくれあがったシャツはそのまま、片足ずつを上げられて下肢の衣服を脱がされた。

「あ、ひあっ⁉」

希もまた長い脚を手のひらで撫《な》でるようにしながら、高遠のジーンズを脱がせようと身を起こしたけれど、浮《う》いた腰《こし》を不意に掴《つか》まれて上擦《うわず》った声をあげてしまう。希の脚の間から半身を起こした高遠は、そのまま背中から抱《だ》き上げ、膝の上へと抱《かか》えこんできた。

「信符、さ……？」

衣服を脱がす合間に離《はな》れてしまった指が、またあの奥へ触《ふ》れてくる。ゆるく揉《も》むようにして確かめられ、次にはなにか冷たいものを塗《ぬ》りつけられるのがわかった。

「あ、あ……っ」

「欲しいか？」

びくりと震えて、身体に巻きついた腕《うで》に縋る。何度も何度もそれを繰《く》り返され、身体の奥がゆっくりと潤《うる》んでいく。

朦朧《もうろう》と喘ぐ合間に三本も含まされて、慣れた場所は痛むこともなく次の愛撫《あいぶ》を待っていた。

「うん、ほし……い、あん、指……っ」

こくりと頷《うなず》くと、希を喘がせながらその指先は去っていく。びくりと震えた腿が、まるで逃《のが》すまいとするように高遠の手首を締《し》めつけるが、かなわない。

道をつけるような作業は既《すで》に済んでいるのに、ふっくらと腫《は》れたような場所をからかうように撫でていったそれを思わず締めつけた。

「どこに欲しい？」

「……ここ、この、溶けちゃった、とこ」

促《うなが》す声にひとつひとつ幼く頷いて、高遠の指にとろりとなった場所へ希は触れてみる。

自分の身体の中に空洞《くうどう》がある。この感覚は高遠に教えられるまで知らなかったものだ。

「ここに……信符さん、きて……」

なにかに塞《ふさ》がれ、埋《う》められるのを待って脈打つそこの縁《ふち》を指で辿《たど》って、希は息を切らした。

「ウ、……ん！　あ、……っ」

腰を浮かせろと言われ、従順に言葉に従うとなにか丸く硬い感触《かんしょく》が押し当てられる。馴染《なじ》んだそれに無意識に唇《くちびる》が乾《かわ》き、背後の男を窺《うかが》いながら舌の先で潤《うるお》した。

「やらしい顔だな、希」

「んん、や、や、……あっ、くる、……きちゃうっ」

ゆっくり擦《こす》りつけられ、入り口が綻《ほころ》ぶのを見計らって侵入《しんにゅう》してくる高遠のそれはたまらなく熱い。押し開かれ進まれる感触にぞくぞくと身体が震え、もどかしく腰が揺すられた。

「あう、……ふあっあ、……ああ！」

背中から膝の上に抱かれるやり方はあまりしたことがない。自分の体重でずるりとくわえこむそれが、慣れない角度におさまるのを感じて、ひっきりなしに小さな喘ぎが零《こぼ》れた。

「お、きい……」

ずるずると身体が滑り、希はぺったりと恋人《こいびと》の脚の上に座りこむ形になった。じん、と腹の中が熱くて疼《うず》いて、下腹部を無意識にさすると、中にあるものがひくりと跳ねるのがわかる。

（なかで、びくびくしてるの……わかる）

開ききったうしろになにかむず痒《がゆ》いものが感じられる。高遠の下生えの感触だと思うとそれだけでくらくらして、こんなに深くもらってしまってどうしようと思う。

「こんな、おっきいのに、……奥まで、はまっちゃった……」

「……っ」

半ば朦朧《もうろう》としたまま呟《つぶや》いたそれに、体内の熱塊《ねつかい》がびくりと激しく動いた気がした。次いで腰を抱いた腕に奇妙《きみょう》な力がこめられ、高遠が息をつめた気配がある。

「んっ、な、に？」

「なに、ってな……すごいこと言いやがって、まったく」

意味もわかってないのにと呆れた声を出す高遠が微妙《びみょう》に身体を揺すってくる。舌打ちした言葉に、どうしてと潤んだ目を瞠《みは》って希は反射的に言い返す。

「ああ、ん、……すご、すごいの、……そっち、だもんっ」

「んん……？　俺が？」

「あ、あぁ……っふ、あ、んいっ、……いい、よぅっ」

しかし、もう自分の言葉さえよくわかっていない希は、その擦れあう感触に夢中になり、揶《や》揄《ゆ》ともつかないそれなどすぐに忘れてしまった。

「そ、こっ……そこい、いい……っ！　こす、こすれて……！」

そしてただ喘《あえ》がされ、がくがくと力の抜《ぬ》けた首が揺れる。上下に弾《はず》む身体は腰を軸《じく》にして複

雑に蠢き、無意識のまま希も高遠を含《ふく》んだ腰を幾度《いくど》もうねらせた。

「そこって？　どこだ、希」

「んぁ、奥の……なかの、とこ、あつ、熱くなっちゃ、て」

跳ねるようにして内壁《ないへき》を叩《たた》く艶《なま》めかしいものが、希をどこまでも淫《みだ》らにして、息を弾ませる。

ひずみ、捩《ねじ》れてまた引き延ばされるような粘膜《ねんまく》は、うねうねと震《ふる》えて止まらなかった。

「どこの奥だ？　言ってみろ」

「お……おしりの奥……っああ、う……んっ！」

普段《ふだん》ならば決して言えないような大胆《だいたん》な言葉もぽろぽろと零れていく。濡《ぬ》れたいやらしい音を立てているあの場所から、じんじんと疼きが這《は》い上がって脳まで痺《しび》れる。

「あう……ん、ふわ、あっ！」

血が騒《さわ》いで、勝手に身体が揺れた。行き場のない熱、体内で煮詰《につ》められた蜜《みつ》の甘さは既に毒のようで、思考力も羞じらいも、なにもかもを奪《うば》っていく。

「気持ちいいのか？」

「うっ、うっ……しのぶ、さん……っ」

喉の奥になにか塊《かたまり》のようなものがつかえていて、問われてももう声が出ない。がくがくと頷きながら身悶えれば、そこにあるものを押し出すようにきつく胸をさすられた。

「ひ、いあ――……っ！」

押し殺していた分、無理矢理に吐《は》き出させられた声はもう悲鳴じみたものになる。

意味もなく頭を振《ふ》れば汗に濡れた髪《かみ》が頰《ほお》を打つほどで、その毛先のちくりとした痛みまでが官能につながった。

「い、ちゃう……いっちゃう……っ」

「ここで？」

尖《とが》りきった胸の先を両手でつままれ、きつく弄《いじ》られながら穿《うが》たれる。開ききった脚の間にあるものに触れるなにもないのに、そこからは間欠的になにかが滲んで濡れていく。

奥から響《ひび》いてくる振動《しんどう》と、濡れた粘膜の擦れあう感じがたまらない。高遠のそれにも負けないほど、希も腰を揺《ゆ》すっては入りこんだものを締めつける。肉を開かれるような生々しい音と感触がどこまでも希を高ぶらせ、もう身体のすべてが溶け流れる気がした。

「ああ、ん、も、お、いく……っ‼　だめ！　いく……！」

「……っ」

叫《さけ》んだ瞬間、溶岩流《ようがん》のような愉悦《ゆえつ》は、触《ふ》れられないままの性器から迸《ほとばし》る。同じものが低くうめいた高遠からも放たれ、体内を逆流する熱にもまた、放出とは違《ちが》う官能を味あわされた。

「ど、して……や、腰……止ま、とまん、ないっ……」

惑乱《わくらん》したまま、声をおののかせて希は首を振る。終わってからしばらくも、妄《みだ》りがわしい動きがおさまらなかった。高遠のすべてを啜《すす》りあげるように粘膜は疼いたまま痙攣《けいれん》を繰り返し、がっくりと上体をシーツに伏《ふ》せたままのそれはあまりにいやらしい。

「あう！　ぬ、抜いたら、やっ……やめちゃ、だめ」

「……大丈夫《だいじょうぶ》かよ」

ずるりと抜き出される感触に震え上がり、また小さく達した。いったん離れた高遠が腰を両手で包み、震え上がる丸みをゆるく揉むように触れてくる。その間もあの場所は疼くままだ。

「だいじょ、ぶ、だから……もっと」

促されるよりも先に膝《ひざ》を立てて脚を開き、希はしゃくり上げながら入れてとせがんだ。言葉よりもなによりも、おさまりのつかない腰はねだるように蠢《うごめ》いたまま、男を誘《さそ》っていた。

「ねえ、もっと……！」

「とんでもねえよ……おまえは。搾《しぼ》り取る気か？」

こっちがばてそうだと苦笑《くしょう》した高遠だったが、しかし言葉と裏腹にまだ熱を保ったものを押し当ててくる。

「あ、だって、まだ、かたい……あ、あああ！　ふあ！」

綻びきった希のそこは、濡れた粘膜同士が触れただけでも収縮を激しくした。少しだけ腰を進められると、高遠はなにかに気づいたように眉《まゆ》を上げ、汗《あせ》ばんだ顔でにやりと笑う。

「……吸いこんでるぞ」

「いや、あ……っ、あっ……きて……！　つよく、してっ」

繋《つな》がれて、揺さぶられて、ただ感じた。気持ちよくて頭がどうにかなると叫んで、それでも希は高遠を離《はな》さない。

そのうち腰《こし》も立たなくなって、力の抜けきった身体を案じた高遠がやめるかと聞くたびに、いやだと言って指を握《にぎ》った。

何度か意識を飛ばしてしまい、だがそれも一瞬《いっしゅん》で、そのまますぐ体勢を変えられてはまた深く穿たれる。自分で脚を持っているように言われて、上から何度も突《つ》かれると、壊《こわ》れそうで怖《こわ》くてうんと乱れた。

「恥《は》ずかしいとこ、全部見えるな」

「見な、……で、やだ、……あ、あそこ見ないで」

濡れてぐちゃぐちゃになったまま、高遠に開かれる場所を視線でも犯《おか》された。辱《はずかし》めるような言葉を言われてひどいとなじりながら、ますます脚は左右に揺れる。

「信符さん、また、……またいっちゃう……！」

名前を呼ぶたびに、高遠のそれは激しくうねって希を泣かせた。好きなんだろうと笑われて、こくこくと頷いては言われるままに腰を絞《しぼ》った。

「飽《あ》きるどころじゃ、ねえよ」

「しの……っ、うあ、いい……っ」

「気を抜いたら、こっちが負けちまうだろ」

手に負えないと苦いような声で囁《ささや》かれ、意味もわからないままだったけれど、なにかひどく胸の中は熱くなる。

灼《や》け爛《ただ》れたような淫《みだ》らなセックスは、いままでの行為《こうい》の中でももっとも激しく、長かった。

そして最高に感じてまた、どうしようもなくせつない行為の最中、希はただ、幸福だった。

＊　＊　＊

眩暈《めまい》のするような幸福があれば、代価のように不幸も訪《おとず》れるのは世の常だ。

理性を飛ばす酩酊《めいてい》と、タガのはずれたような快楽のツケは、翌朝すぐに希の許《もと》へと訪れた。

「……ほら、痛み止めと、胃薬。こっちはそれ飲んだら、口直し」

「うえ……」

なにしろ、腰も頭も身体中の関節も、半端《はんぱ》ではなく痛い。鉛《なまり》でも詰《つ》まったかのように四肢《しし》は重く、差し出された薬を飲むにも一苦労で、希は呻くほかに礼さえも言えなかった。

苦い薬を立て続けに飲んで顔をしかめ、冷たいレモネードに一息つく。水分の足りない身体はコップ一杯《いっぱい》のそれでじんわり潤《うるお》い、目元には意味もない涙《なみだ》が浮《う》かんだ。

「頭痛い……」

一言を呟くだけでも肺の奥から酒臭《くさ》さが上ってくる。胸がむかついてたまらず、残りのレモネードを一気に飲み干して希は顔を歪《ゆが》めた。

「あたりまえだ」

ほんのちょっと身じろぎするだけでもがんがんと痛むこめかみを押さえていると、呆《あき》れかえった声の高遠が額に張る冷却《れいきゃく》シートのパッケージを破る。

「気休めだけど、ほら」

「ひゃ」

冷却ジェルの感触《かんしょく》は、ひりひりと火照《ほて》って過敏《かびん》になったままの肌《はだ》には刺激《しげき》が強かった。肩《かた》を竦《すく》めて希が目を瞑《つぶ》ると、宥《なだ》めるように頬をそっと撫《な》でる指。

「おまえ今日はもう、このまま寝《ね》とけ」

「でも……」

週半ばのこの日は、休日でもなんでもない。むろん学校も休む羽目になるし、予備校も同じくだ。かぶせられた上掛《うわが》けから目だけを覗《のぞ》かせた希が高遠を窺《うかが》うと、嘆息《たんそく》した恋人《こいびと》は少し疲《つか》れたような声で告げる。

「もうどっちにしろ昼過ぎだ。雪下さんには朝電話した。……俺が怒《おこ》られといたから」

「ご……ごめんなさい」

やっぱり、と眉《まゆ》を下げて落ちこんだ希に、気にするなと髪を撫でる高遠は、ここしばらくで最大級に機嫌《きげん》がよさそうだった。

（なんでだろ……？）

頭が痛いやら胸がむかむかするやらで、あまりその理由がよくわからない希は、赤らみ潤《うる》んだ瞳《ひとみ》を瞬《また》かせる。

「あの、高遠さん」

「……あ？」

どうしてそんなにご機嫌なんですかと問おうとして名を呼ぶと、しかし高遠はぴくりと眉を動かした。そのままじわっと、彼の機嫌が下降するのを感じとり、希は上目遣《うわめづか》いになった。

「なんだよ、一晩で逆戻《ぎゃくもど》りかおまえ」

「逆戻り……って、なに？」

ほんとにわかんないんだけどと首を竦める希に、ちょっと待てと高遠の瞳が見開かれる。

「……おまえまさか、昨夜《ゆうべ》のこと」

「あのう……なんか、……途切《とぎ》れ途切れに、記憶《きおく》ない、んですけど」

いったい昨夜自分はなにをしたんだろう。なんだかとても高遠は驚《おどろ》いてしまっているし、それもちょっと不機嫌になりかかっている。

「どの辺まで覚えてんだ」

「えと、……ライブのあとお酒飲んで、そのあとはちょっとぶっ飛んでて……」

おい、と再度嘆息した高遠の声に、希は少し訝《いぶか》った。不機嫌というよりこれは、なんだかがっかりしているようなのだけれど、理由がまったくわからない。

「んじゃあ、昨夜話したこと、なんにも覚えてねえわけか？」

「うー……うん？　んっと」

なにか自分はまずいことを言ったのだろうか。懸命《けんめい》に考えてもずきずきする頭ではうまくいかなくて、希は額を押さえる。

「まあ……忘れてくれた方が、いいこともあるけどな」

「え、なに？　なに言ったの、俺」

うめく希に苦笑《くしょう》して髪《かみ》を撫でた高遠がそんなことを言うから不安になる。頭の芯《しん》になにか刺《さ》さったような痛みはだんだん薬が効いてきたのか、高遠の手のひらに癒《いや》されたのか、少しはましになってきた。

「なんか、大事な話したような、……高遠さんの、……あ」

そうしながら名前を呼んで、ほんの少しその響《ひび》きに違和感《いわかん》を感じた。断片《だんぺん》的に蘇《よみがえ》ってくるのはアルコールを入れる前のライブのことで、その胸の痛むような記憶の中にキーワードはある。

「し、……信符、さん？」

「……うん？」

正解だったようで、高遠の声は満足そうにやわらかくなる。目元もやさしくなごんで、見たこともないほどの甘ったるいそれに希はひとり、赤くなった。

（うわ、俺……）

ひとつ思い出せば芋《いも》づる式に記憶は蘇り、昨晩のことがどっと押し寄せてくる。

怒って泣いてわめいて、嫉妬《しっと》にかられて。誰《だれ》かの残した痕跡《こんせき》を消そうと必死になって、高遠を押し倒《たお》し。

——信符さん、あれ、あれして、……あそこにして……！

やめておけというのも聞かずに恥ずかしい格好で、あんなことを。

「……ひっ、ひゃあああああっ！」

とんでもなく大暴れしたあげく、高遠になにをねだり倒したのかまでを思い出せばいたたまれず、喉奥《のどおく》で情けない悲鳴をあげ、希はそのまま布団《ふとん》の中に潜《もぐ》り込んだ。

「なんだ、いまさら」

「も、もう忘れて下さいぃ……！」

喉奥で低く笑う高遠が上掛けを叩《たた》いてくるけれど、希はもうただ消え入りたいような羞恥《しゅうち》を持て余し、身悶《みもだ》えるばかりだ。

（は、恥ずかしい……！）

蓑虫《みのむし》よろしく上掛けの端《はし》を握りこみ、意味もなくがじがじと指先を嚙《か》む。自分に痛みでも与《あた》えなければ、悲鳴をあげそうなほど混乱した感情に収まりがつきそうになかった。

「まあ、寝てりゃいいけど……ちょっとしたら、顔出せよ」

「……なに？」

　重みを感じて、高遠が上掛けの上から抱《だ》きしめてきたのがわかった。額まで真っ赤になった希はおずおずと目だけを覗かせ、誰が来るのかと視線で問いかけた。

「客が来る」

「もうじきかな……ああ」

　来たか、と呟《つぶや》いて、インターホンの鳴った方を見やった高遠が身体《からだ》を起こした。離《はな》れていった抱擁《ほうよう》にほっとするような残念なような気分で希も身体を起こすと、玄関《げんかん》から聞こえてくる声はあまりにも意外なものだった。

「で？　寝こんじゃってるの？　可哀想に」

（――……え？）

　涼《すず》やかで甘い、よく通る声。若い女性にはない落ち着いた低さを持つ響きに、希ははっとなる。まさかと思って頭痛も忘れて起きあがれば、さらに声は近づいてきた。

「まったくやらしい男ねえ……いったいなにしたのよ。それにあの子まだ十八になったばっかだっていうじゃない」

「ほっとけよ。おまえのせいでこっちはいろいろあったんだ」

　どうしてと希が目を瞠《みは》っていれば、ひょっこりと寝室《しんしつ》に顔を出したのは、案の定の人物だ。

　折れそうに華奢《きゃしゃ》な身体をラインのきれいなシャツと細身のパンツに包み、ゆるく巻いた髪を無造作に結んだ彼女は、にっこり笑ってサングラスを取る。

「はぁい。希くん……よね？　いまさら、はじめましてもなんですけど」

そして現れた、微笑《ほほえ》む目元のうつくしさに、希は声を裏返した。

「あ、え……ま、真帆さん⁉」

「お加減いかが？　あら、ちょっとお熱？」

しなやかな足取りで近づいてきた真帆は遠慮《えんりょ》もなくベッドの端に腰掛《こしか》け、ほっそりとした指を希の頬《ほお》に当てる。ひんやり冷たいその感触に一瞬《いっしゅん》だけ震《ふる》えたが、手つきのやさしさが希の緊《きん》張《ちょう》をすぐにほどいた。

「加減もわからないのに、たくさんお酒飲んだらだめよ？　最初はちょっとずつね」

「あ、はい……」

ふふっと笑う彼女からはひどくいい匂《にお》いがする。それは昨晩高遠に移っていたものより、もっと甘くやわらいだもので、なにかの花のように清潔でかぐわしい。

「とはいえまあ……こんなになるまで飲ませたのもあたしらしいから。まずはごめんなさい」

「えっ……」

よしよしと頭を撫でられても、柚のときのような気恥《きは》ずかしさは少ない。昨晩あれほど嫉妬を燃やした相手だというのに、その手はあまりにやさしく穏《おだ》やかで、拒《こば》む気になれないのはなぜだろうと希は思った。

（あ……なんか、このひと）

お母さんみたいな気配がするんだ。そう思って、まだ若くうつくしい真帆にそう感じるのは失礼なのだろうかとも感じた。

「あの、今日は、なんでここに……」

「あたしがここに来るまでの顚末《てんまつ》は、うしろにいる過保護な男に聞いてちょうだいな」

ぺち、と少しも痛くないまま頰を軽くはたかれ、希はその過保護な男に目をやる。

「……なんで？」

問うても軽く肩《かた》を竦《すく》めるだけで高遠はなにも言わず、再度視線を真帆へ戻《もど》すと、彼女は呆《あき》れたような、そのくせあたたかい苦笑を浮《う》かべた。

「この子にはどこからお話すればいいかしら？」

「どこもここも。昨日のおまえの誤解を招きまくる言動を、全部釈明《しやくめい》してくれ」

「知らないわよ、んなこと……」

白けたような会話から察するに、どうやら真帆は昨晩の希の不安を晴らすためにやってきてくれているらしい。だがどうしてわざわざそこまでするのかと、困惑《こんわく》を滲《にじ》ませたまま希が目を回していれば、熱っぽい頰をもう一度撫《な》でた真帆が宥《なだ》めるような声を出した。

「あなたが寝《ね》てる間にね、さんざんこのばかに怒鳴《どな》られたのよ」

「え……？」

「まさかあの場に、恋人《こいびと》連れてきてたなんて知らなかったから。調子に乗ったわ、ごめんなさいね？ いやな思いしたのね？」

ちょいと唇《くちびる》を触《さわ》られて、赤くなった希がたじろぐと、高遠は一瞬不機嫌《ふきげん》そうな顔になる。

「あ、あの……も、もうちょっと離れてもらっていいですか？」

「あら、なぜ？」

距離《きょり》の近さにも不快感はないが、なんだか落ち着かない。そう思って希が頼《たの》みこむと、面白《おもしろ》そうに真帆は形よい眉《まゆ》を跳《は》ね上げた。

「は、……恥ずかしいです、大人の女のひと慣れないし……真帆さん、きれいだし」

ふわふわするような甘い香《かお》りに包まれて、希はひたすら照れる。

身近にいる年上の女性といえば柚がいる。彼女も自分から見れば充分《じゅうぶん》大人びてはいるけれど、真帆の持つこのとろりとした蠱惑《こわく》的な、そのくせ包むような甘い魅力《みりょく》には及《およ》ばない。

胸元《むなもと》を開けたシャツは上品なデザインで、彼女のプロポーションを見せつける以外のなんの意図も感じられないが、やわらかく膨《ふく》らんだ白い谷間が眼前にあるのも焦《あせ》ってしまう。

だからできれば距離を取ってくれと頼んだのに、一瞬目を瞠った真帆は次の瞬間嬉《うれ》しげに顔を綻《ほころ》ばせ、叫《さけ》んだ。

「まあ……やだちょっと、信符。この子かわいいわ！ なにこのウブな反応！ 新鮮《しんせん》！」

「うわ！」

ぬいぐるみでも抱《だ》きしめるように抱《かか》えこまれ、希の顔はそのふんわりした谷間に埋《う》まる。とろけそうな胸の感触《かんしょく》にはもうただ目を回して、腕《うで》を振《ふ》り回す羽目になった。

「……そう触《さわ》るな」

「ああん。けち」

強引《ごういん》な長い腕に引き剝《は》がされなければ、胸の谷間で窒息《ちっそく》するところだった。茹《ゆ》だったような顔色のまま、希はもう声も出ない。

「まあいいわ。でもなるほどね……こんな子ならまあ、そりゃ、信符が取り乱すわけだわね」

「うるせえよ」

希を手放した細い腕を、しばらく未練がましくぶらぶらさせていた真帆だったが、粋《いき》な仕草で肩を竦めて切り替《か》える。あっさりさっぱりとしたその態度に、柚が大人になったらこんな感じだろうかと希はぼんやり考えた。

「あの」

「ん？　なあに」

「真帆さんと、その……信符、さん、って。どういう」

だが、彼女自身に感じる好意と、わだかまる気持ちは別らしい。名前を呼ぶときや視線を交《か》わすときの親しげな様子にはどうしても不安が募《つの》って、希はおずおずと問いかけた。

「ああ。あたしは信符が芸大にいた頃《ころ》、流しみたいなことやってるときからの知り合い」

「流しっておまえな」

「そんなもんじゃないのよ……ああもう、うっさいわねあんた。ちょっとおとなしくしてなさいよ。やばいことは黙《だま》っててやるから」

「……その言動自体が既《すで》に、誤解を招くだろうがっ」

「やかましいっつの。信符、ハウス！」

（……ハウスって）

犬でも払《はら》うような言葉と手つきで真帆は高遠をあしらった。あの高遠が反論しきれず呑《の》みこむあたり、力関係を如実《にょじつ》に物語っていて、めずらしいものを見た希はただ驚《おどろ》きを顔に浮かべる。

「で、まあね。話は戻《もど》るけど……知り合った頃こっちもたいしてぱっとしなかったし、信符がアメリカに行くのと同じ頃に渡米《とべい》したんで、あっちでも仕事で絡《から》んだり、飲んだりしてたの」

古い友だちよと真帆は笑った。そして、やんわりと濁《にご》した言葉の向こうに透《す》けたものを、希はただ黙って頷《うなず》き呑みこむ。

「信符って言っちゃうのも、ファーストネームだからなんだけど」

含《ふく》みはないと宥める彼女になんと言っていいのかわからないまま、希は硬《かた》い表情で頷いた。

（友だち……だったかも、しれないけど）

それだけではないのだろう。おそらくは――高遠の言葉を信じるのなら、一度だけは――彼らの間に肌《はだ》を重ねる瞬間《しゅんかん》があったことを、本能的に希は感じとってしまった。

その勘《かん》がはずれていないことも、そしていまは穏やかなまま接しているふたりがそれを、既に過去のことにしてしまっていることも、同時に理解できて、だから少し苦しい。

「いまは、あっちに旦那《だんな》と子どももいるの。公表してないから、内緒《ないしょ》にしてね」

問わないままのそれをわざわざ付け足して、だから安心してねとでも言うように頰を撫でられる。奇妙《きみょう》ないたたまれなさをも覚えて、けれどそれが希の気持ちを思いやってとわからないわけではない。

「内緒に、します」

「——……そう。ありがとう。いい子ね」

だから希に言えるのはそれが精一杯《せいいっぱい》だ。一瞬だけ眉を下げ、瞳《ひとみ》の色を痛ましげに変えた真帆だったが、次の瞬間にはもうそのせつなげな色合いはどこにも見つからない。

「まあそれで。昨夜《ゆうべ》セクハラめいた発言してましたけど、あれは完全に誤解だからね?」

「誤解……って」

悪戯《いたずら》っぽく笑った真帆に、なんでしたっけと、記憶《きおく》の曖昧《あいまい》な希は瞬《まばた》きを繰《く》り返した。

「激しくアヤシイ物言いしちゃったでしょ、あたし。ものにするとかなんとか」

あっと息を吞んだ希に、あれは、自分のバンドメンバーに入ってくれということだったのだと真帆は言う。

「あたし的には自分の曲に、信符の音が欲しいのよね。今度やろうとしてるアルバムにはせめて、参加してくれって言ったんだけど」

種明かしされたそれには安堵《あんど》よりも驚愕《きょうがく》が大きかった。

「そうだったんですか……？」

唯川真帆のバンドメンバーといえば、かなり大きな仕事なのではないだろうか。セッションするだけでもたいしたものだとは思っていたが、そこまで望まれていたとはまるで知らなかった希は感嘆《かんたん》の声をあげる。

「でもだめ。ごねまくるんだもの、この男。海外メインの仕事はいやだとか抜《ぬ》かして」

「……え？」

なぜかにやにやと笑いながら真帆は高遠を見る。希が顔を上げると、高遠はやはりなにも言わないままだ。

「それでも食い下がったら、条件は、せめてあと四年待てってことだったわ」

「四年……って」

なぜそんなわけのわからない年数をと希が首を傾《かし》げれば、真帆は笑《え》みの色を深くした。

「十八よね、大学は行くの？」

「はい、あの、いま受験で……――え？」

「そういうことらしいわよ？」

つんと真帆の指が鼻先をつついて、希は呆然《ぼうぜん》となる。四年後となれば、希が大学を卒業するまでの年数であると、揶揄《やゆ》する瞳とその仕草に知らされたからだ。

「まあ、そのときには玲二とバトルすることになるんでしょうけどね。せいぜい、点数稼《かせ》ぎしときなさいよ」

「ほっとけ」

ぶすりと言った高遠は、首筋に手を当ててため息をつく。あれは照れているときのくせだなとぼんやり希は思って、だがなにを言うこともできなかった。

「話聞いたときは、この男頭おかしいんじゃないかと思ったわよ。それと、どういうわがままな子とつきあってるのって」

恋人《こいびと》の仕事も理解できないような幼い相手に振り回されるなど、まったく高遠らしくない。そこまでべったりの関係性など信じられないと真帆は半ば呆《あき》れていたと言った。

「それでまた今日になってみれば誤解を解けだの。なんであたしがそこまで出張《でば》らなきゃいけないのよってこっちも怒鳴《どな》り返したんだけど」

「ご、ごめんなさい」

そんなこととは知らぬまま希は眠《ねむ》りこんでいて、どうにもいたたまれない気分になってくる。自分が頼んだわけではないけれど、確かに原因はこちらにあるわけだと小さくなった希だったが、「あら、悪いのは信符よ」と真帆は切り捨てた。

「だいたいね。普通《ふつう》考えないわよ。恋人への弁明を第三者に任せるなんて」

「……ほんとに、あの、すみませ」

「続きを聞きなさいって」

ひたすら頭を下げた希にひとり笑いながら真帆は言葉を紡《つむ》いで、赤い頬《ほお》を軽くつねった。

「ところがまあ。わがままどころか話を聞くだにセンシティブな子で、会ってみれば本当に、ほっとけない感じはするしね。ねえ、ベイビーちゃん？」

「べ……べび……って」

「あら。ほんとにほっぺもうちのベイビーと同じだわ……ちょっと悔《くや》しい」

ふにふにと頬をつままれ、母親の目になった真帆はなぜか、そのあとで深いため息をつく。

海外暮らしが長いせいだろうか、アクションはいちいち外国人的におおげさで、けれど嫌味《いやみ》は少しもなかった。

赤《あか》ん坊扱《ぼうあつか》いが恥《は》ずかしいのはむろんだが、いま希が顔をしかめているのは、真帆がからかったせいではない。

（また……？　俺、また仕事のことにまで）

自分の幼さは、高遠が思うように動くことの枷《かせ》でしかないのかとそう感じられたからだ。

「お……俺、そういうの邪魔《じゃま》したくないって、言ってるのに」

結局、希の存在は高遠の足を引っ張るものでしかないのか。悔しさ混じりの不安もこみあげ、希は少し苦しげな声で呟《つぶや》く。だがそれに対し、高遠はあっさりとした声のまま否定を口にした。

「邪魔しちゃねえだろ、別に」

「だって！　また俺がいるからって」

「最重要事項《じこう》を優先しただけだ」

なにがおかしいと、まるで居直ったように告げられて希は口ごもる。

「あああ……恥ずかしい男になったわね、ほんとに……」

じっと高遠を見つめる希に、面白《おもしろ》そうに目を眇《すが》めた真帆は、やってられないわと肩《かた》を竦《すく》めてみせた。涼《すず》やかな声は、呆れた気配を隠《かく》しもしない。

「あたしは信符の才能と音に関しては愛してるわ。それは本当ね。ステージでもいいリアクション返してくれるし、そういう意味ではとても欲しいと思ってる」

だけどね、と吐息《といき》した真帆は希の髪《かみ》をさらりと撫《な》で、こう続けた。

「一回りも年下の恋人もあしらえないような、そこまで甘ったるい男なんか、プライベートじゃ願い下げよ」

「真帆さん……」

「べたべたな関係は嫌《きら》いなの、あたし。見ていて見苦しいことも多いからね」

きっぱりとしたその言葉は、だからもうぐずぐず不安がっているなと希に告げていた。

言われることはもっともで、結局は自身の幼さが招いた事態だと思うだけに、希はただ唇《くちびる》を嚙《か》みしめる。

「だけど、あなたには謝ってあげる」

「え？」

責めているわけじゃないわと滲《にじ》むように真帆は微笑《ほほえ》み、ふわりと言葉のトーンをやわらげた。

「男の子なのはちょっとびっくりしたんだけどね……きっとあなたたちのことは、女のあたしにはわからない、デリケートなものがあるんでしょう」

「あの、それは……」

だからここに来たのよと続ける真帆に、希はなにごとかを言いかけた。その唇をきれいな指で軽く押さえて、真帆は言葉をふさぐ。

「いいの。今回の件に関して、だらしないのは全面的に信符よ。このわかりにくい男に引っかかっちゃって、大変なのは希くんでしょう？」

「いえ、……あの」

言われたことを全面的に否定もできないから、希は口ごもる。

「まあ、キスひとつで泣いちゃうような純情はすっかり忘れていたけどね。なかなか新鮮《しんせん》ですてきだわ」

「もう、あの、……その……勘弁《かんべん》、してください」

からから笑った真帆にはもう、なにを言えばいいのかわからない。独特の雰囲気《ふんいき》と言葉のテンポはとても口を挟《はさ》めるものではなく、華《はな》やかに押しの強い歌姫《うたひめ》に、希はただ困ったように眉《まゆ》を下げた。

「ねえ？――返してあげようか？」

「え、あ、あの？　なにを」

困惑《こんわく》と羞恥《しゅうち》で口ごもるばかりの希の顎《あご》に、きれいなネイルが施《ほどこ》された指先が触《ふ》れ、そのままくいっと持ち上げられる。

「え？　え？」

まさかと思うより先に甘い香《かお》りが近づいて、希はその赤くふっくらとした唇に目を奪《うば》われた。

「……たいがいにしろ」

「あん、惜《お》しい。……ほんっとにけちな男ね」

だが、その唇が触れる前に高遠の手のひらが希を引き戻《もど》した。本気ではなかったのだろう、真帆も軽く舌打ちをしたあと、投げキッスをひとつしてにやりと笑う。

「まあともかく最終陳述《ちんじゅつ》は終わった感じなんで、これでお役ご免《めん》よね」

さまになる仕草で腰《こし》に手をあて、帰るわと彼女は立ち上がった。

「あとはお裁きを待って、ご自分らで解決してちょうだい。……それからね」

高遠に向けて放った言葉は冗談《じょうだん》めかしたもので、軽く首を竦めた男の腕《うで》を真帆は軽くつねる。

「この子がそこまで大事なら、ちゃんと不安にさせないでおきなさいよ、信符」

「……ああ」

わかっていると頷《うなず》いた高遠に、真帆はまた面白そうに唇を綻《ほころ》ばせる。しかし表情とは裏腹、少し真剣《しんけん》な顔で続けられた声に、希はどきりとした。

「どうせ、いままでも信用ならないような行動取ってきたんでしょう。だからあたしみたいな弁護人が必要なんじゃないの」

ぴしりと釘《くぎ》を刺《さ》された高遠は、黙《だま》って顔をしかめた。渋面《じゅうめん》をにやにやと眺《なが》め、それじゃお邪魔さまと告げた真帆は、最後に希を振《ふ》り返る。

「あなたも頑張《がんば》ってね、ベイビーちゃん」

「あ、あの、ありがとうございました」

起きあがろうとした希を手のひらで制して、いいから寝《ね》ていなさいと告げる真帆の目は、やはり母親めいてどこまでもやさしい。

だがちょっとばかり、お節介《せっかい》を焼かされたことに彼女も思うところがあったのだろう。

「いいの。ただ、四年経《た》つ間にその男放《ほう》り投げたくなったら早めに言ってね」

ちくりとした皮肉に、希は一瞬《いっしゅん》どう返そうかと思った。しかしほかに言えることもなく、じっと真帆を見つめたまま唇を開く。

「それは、ないです。……だけど、お仕事は四年も待たせないように、頑張ります」

「ふふ。……信符、聞いた？　ぼやぼやしてると、やばいのはあんたよ」

いいお返事ねと満足げに頷き、真帆は今度こそ背を向ける。

「じゃ、明後日《あさって》の東京ではまたよろしく」

「わかった」

「ったく、このあたしにここまでさせたんだから。あとは上手《うま》くやんなさいよね、この犯罪者。いくつでこの子に手をつけたのよ。あたしの子どもだったらあんたなんか血祭りだわ」

ましして泣かせる羽目にでもなれば、百回殺して百回生き返らせて、とどめを刺してやる。睨《にら》んだ真帆の言葉は存外に真剣で、迫力《はくりょく》があった。希もかなりいたたまれなかったが、痛いところを突《つ》かれたらしく、高遠も憮然《ぶぜん》となっている。

「……肝《きも》に銘《めい》じる」

「そうしてちょうだい。じゃあね、希くん、お大事に。また会いましょう」

「はい、あの、……ありがとうございました」

手の甲《こう》で高遠の広い肩をはたき、厳しく告げた彼女の凜《りん》とした背中に圧倒《あっとう》されたまま、希はただそれを見送った。

（……なんだったんだろ）

なんだかわけがわからない。突然《とつぜん》に現れて去った真帆が本当にここにいたのかどうかも、ぼんやりとするままの頭では判断がつかなかった。

彼女のいたあたりに漂《ただよ》う甘くやわらかい香りだけが、この事態が現実と希に教える。

「たか、……信符さん」

真帆を玄関《げんかん》先まで見送った高遠が戻るなり、拗《す》ねたような声で名を呼んだ。なんだ、と返す男になんだじゃないよと、宿酔《ふつかよい》も忘れて希は起きあがり、じとりと睨む。

「俺、これはちょっと違《ちが》うと思うよ？」

「なにが？」

なにがじゃないよともどかしくなり、ベッドの端《はし》、希の足下《あしもと》あたりに腰《こし》を下ろした男の腕を摑《つか》んで、希は声をきつくした。

「どうして肝心《かんじん》のこといつも、他《ほか》のひとから聞かなきゃなんないの、俺」

それは大事にしているのとは、ちょっと違うと思うのだ。真帆がいた間には口に出せなかった、燻《くすぶ》る感情のままに希は語気を荒《あら》くした。

「四年とか、なんで？　俺、そんなに情けない？　ちょっとも目を離《はな》すのまずいくらい、頼《たよ》りない⁉」

「そんなこと言ってねえだろ」

「じゃあなんで直接言ってくんないの？　なんで真帆さん呼ぶの⁉」

真帆が教えてくれたすべても、高遠が告げてくれればそれで済む話だろう。そう思ってなじるように見上げると、ため息をついた高遠はふと身体《からだ》を屈《かが》め、希の唇を啄《ついば》んだ。

「も……ちょっと、そういうんで、話ごまかされるのはやだ！」

「ごまかしてない」

「どこが、そ、……んん」

今度はちょっと長く吸われて、振りほどけばいいのにできなかった。頬《ほお》を包みこむような両手の先、長い指が何度もこめかみのあたりの髪を梳《す》いて、うっかり気持ちよくなってしまう。

「もう、……なんで」

くたくたと力が抜《ぬ》けて、力ない指先を背中に縋《すが》らせる。やわらかく抱《だ》きこまれてもう一度横たえられ、潤《うる》みかけた瞳《ひとみ》で恨《うら》めしげに睨んだ先、高遠は少し困ったような顔をしていた。

(また、黙っちゃうのかな)

なんだか結局いつも自分たちは、こうして言葉をすれ違ったままでいる気がする。さらさらと頬から髪《かみ》までを何度も撫《な》でられた希は承伏《しょうふく》しきれないものを抱《かか》えたままでいたが、宥《なだ》めるようなそれが心地《ここち》よくて、うっかり瞳を閉じてしまった。

「言うわけにいかないだろうが、俺が」

あやす手は止まらないまま、頭上から静かな声が聞こえてくる。眠《ねむ》くなってしまいそうな安《あん》堵《ど》感《かん》に包まれて、すっかり棘《とげ》の抜けた声で希は問いかけた。

「なにが……?」

目を開けようとしたけれど、瞼《まぶた》を手のひらで塞《ふさ》がれた。顔を見るなということだろうか。

「四年先なんて、そんなの俺だけの勝手な思惑《おもわく》だろう」

「え……?」

続いたそれは少し意外な響《ひび》きで、どきりと心臓が跳《は》ね上がった。

「邪魔《じゃま》したくないとか言うけど、俺が、おまえのこと放っておけないだけなんだって、いい加減わかれ」

顔が熱くなったけれど、瞼を押さえた手のひらも充分《じゅうぶん》熱を持っている。

「高遠さ……ん？」

「またそれか？」

ため息の意味も、もうわかる。これはちょっと残念がっているときの声で、慌《あわ》てて希は言い直した。

「信符さん、だって、……俺」

そこから先はなにを言っていいのかわからなくなって、希は唇《くちびる》を噛《か》みしめる。喉《のど》の奥になにか大事な言葉がつっかえているような苦しさがあった。もどかしくて、せつないその感情をどう表せばいいのかわからないまま、そっと大きな手のひらの下で瞬《まばた》きをする。

睫《まつげ》の動きがくすぐったかったかのように、手のひらが少し震《ふる》え、そっと指をかけて希はその目隠《めかく》しを払《はら》った。

「真帆さんからじゃなくて、全部、……信符さんから直接、聞きたいよ」

なんでもないと、たとえ過去になにかあっても、もういまはただの仕事仲間だと、そうきっぱり言ってくれさえすればいい。

少しは疑って苦しくても、それで全部信じるからと希が瞳で訴《うった》えると、しかし高遠は苦しそうに息をついた。

「……俺が自信がねえんだよ」

「え?」

およそらしくない言葉を耳にして、希は目を瞠《みは》る。その身体をきつく抱きしめ、高遠は小さく舌打ちした。

「おまえ、泣くだろ。なんかあるたび子どもみたいに」

「う……それは、ごめ」

謝りかけた言葉を塞いだのは口づけで、音を立てて離れるそれに希は頬を火照《ほて》らせる。

「……また泣かせるかと思うと、こっちがきついんだよ」

吐息《といき》混じりのそれは本音のようで、ひどく複雑な表情に希も眉《まゆ》を寄せた。

「それもぶち切れるまで文句も言わないし、ぎりぎりまで黙って我慢《がまん》して。いつまで経っても合い鍵《かぎ》使おうともしないし」

「……えーと?」

いささか関係ない文句も入っている気がして、希は目を丸くする。なんだか拗ねたように聞こえるのは自分の都合のいい解釈《かいしゃく》だろうかと思っていると、無心な表情に高遠はがっくりとして、体重をかけてのしかかってきた。

「それに……おまえこの間、誕生日だったんだろうが」

「あ、うん。そう。なんで知ってるの？」

教えてないのにと目を丸くすると、高遠はさらに顔を歪《ゆが》めた。

「あーうんじゃねえだろ……雪下さんがご丁寧《ていねい》に嫌味《いやみ》たれてくれたよ」

言えよと額を小突《こづ》かれて、冷却《れいきゃく》ジェルのシートがずれた。邪魔だとそれを剝《は》がしながら、高遠はほとほと情けないようにため息をつく。

「酔っぱらって絡《から》んで泣かせて、喧嘩《けんか》したあげくに誕生日の直前だったって聞かされて。俺がどんだけ情けなかったと思う」

「だ、だって、別に……言ってなかったし、そんな気にしなくても」

「気にするだろ普通は！　ちゃんと言えよ、そういう大事なことは」

大事なことと言われて、希は少し赤くなってしまう。そういう甘さは高遠らしくもない気がしたし、それゆえに自分という存在を、彼がどれだけ気にしてくれているのかわかった気もしたからだ。

「でも、俺……誕生日とかほんとに、気にしたことあんまり、なくて」

玲二などはそれなりにプレゼントを見繕《みつくろ》ってくれたけれど、誕生日を祝われる習慣というのが、希にはあまりなかった。プライベートな話をする友人というのも、情けないながらこの年になってようやく作れたような希には、他人にその手のことを教えるという概念《がいねん》からないのだ。

「あの日は、結局は一緒《いっしょ》にいられたから、別にそれでよかったたし」

折れてくれた高遠のおかげで誕生日にはぎりぎり間に合って、ふたりで過ごすことができた。ただそれだけで希は大満足だったのだが、そういう話じゃないだろうと高遠は肩《かた》を落とす。

「おまえも相当わかりにくいと、俺は思うぞ……」

「そ、そうかなあ？」

微妙《びみょう》に話がずれていると思うのだが、どうもこれは意図的なものを感じる。少し考えこんで、結局はストレートに希は尋《たず》ねた。

「で、……なんで真帆さんなの？」

その問いにやはり高遠は顔をしかめ、今度は少しだけ重い息を吐《は》いた。めずらしく逡巡《しゅんじゅん》するような気配を見せたあと観念したように彼は口を開く。

「ああいうのは……実物見た方がいいときと、そうじゃないときと、あるだろ」

濁《にご》したような言葉と覗《のぞ》きこむ瞳に、もうわかっているのだろうと問われた気がする。小さく胸が痛んで、希はそれでも頷《うなず》いた。

「おまえは考えこむから、ぐだぐだ言うより見てもらった方が速いかと思ったのもある」

「……うん」

やはりあのうつくしいひとは、高遠に抱かれたことがあるのだ。

昨晩、はっきりと言葉では答えなかったそれを改めて目の前に見せつけられ、やはり少しは苦しかった。それでも真帆のひととなりを知らないままに、高遠の過去を想像するばかりでいる状態は、逆に希にはつらいものがあっただろう。

「あとは昨日言った通りだ。それも十年前に一度っきり……細かいことも聞きたいか？」

「それは、いらない」

少し青ざめ、残酷《ざんこく》な正直さで打ち明けた高遠を見つめながら希は首を振《ふ》った。かすかに涙《なみだ》ぐんで、それでも必死に、瞳に力をこめる。

「勘《かん》づかれなかったら、言うつもりはなかった」

「うん……」

高遠にいま言い訳めいたことを口にさせたのも、希自身だ。だから傷ついてもそれは自分だけで終わりにすることとはわかっている。

「怒《おこ》っていいぞ」

「怒らない。……けど、悔《くや》しい」

昔の話と切り捨てることもできたはずなのに、そうしなかった高遠の気持ちを信じたかったから、それだけ言って希は言葉を切る。

「悔しいから、もう、二度と……ほかのひとと、しないで？」

せつなく願う震える唇を、もう一度高遠はやさしく吸いあげた。隠しきれなかったことを詫《わ》びるように、このいまは希だけのものだと告げるように。

「気持ちがなければ、ただの接触《せっしょく》だろう。こんなのは」

だからキスをしたのはおまえだけだ。

少しずるいような言いざまに頷いて、希はしっかりと高遠の身体《からだ》を抱《だ》き返す。

このあたたかい広い胸を、冷ややかで淫《みだ》らなあの視線を、過去の誰《だれ》かが知っている。そのことはどうしようもなく悔しく歯がゆいけれど、それを考えても仕方ない。

少なくとも希の瞳《ひとみ》を見つめ返すいまの、揺《ゆ》らいでやさしい瞳だけは、誰にも見せたことがないと高遠は言ってくれたのだから。

「誕生日……」

「ん？」

「プレゼント、いまからもらってもいい？」

そうしたら許してあげるから。

柚にからかわれたときの言いざまをそのまま借りて希が呟《つぶや》くと、高遠は頷いてくれる。やさしい瞳に力づけられ、希はひたむきな眼差《まなざ》しでわななく声を発した。

「信符さんがいままで、……俺じゃないひととしてきた分だけ、キスしてほしい」

願う言葉が意外だったのか。一瞬《いっしゅん》惚《ほう》けたように高遠は目を瞠り、そのあとでめずらしく声をあげて笑った。

「そりゃまた……何年かかるかわかんねえな」

その言いざまには、やはり少しだけむっとさせられながらも、希は本気なのだとせがむ。

「何年かかってもいいからっ！　絶対、して！」

「冗談《じょうだん》だ」

むくれる希の唇に、さっそくひとつめのカウントをはじめながら、高遠は含《ふく》み笑ったまま問いかけた。

「この先の分もまとめて全部にしてやるよ」

「……じゃあ、オプションつけて」

余裕《よゆう》の顔が悔しくて、幾度《いくど》も啄《ついば》みあう合間に希は少し、強気なことを言ってみる。

「キスとおんなじ数だけ、……好きって言って」

結構恥《は》ずかしい男のくせに、ストレートなそれはどうも苦手な高遠は、案の定希の言葉に顔をしかめた。

「遠慮《えんりょ》するなって、言ったよね？」

「そう来るか……」

言質《げんち》を取ったぞと希が続けると、ひくりと口《くち》の端《はし》を歪めて高遠は唸《うな》る。

その顔を見上げて笑いながら、もっとしたたかに強くなりたいと希は強く思う。

幼い弱さを案じて高遠を惑《まど》わせないように、思うままに彼が歩いていく道を、追いかけていけるように。

いっそ振り回せるくらいになれればいいと思うけれど、違《ちが》う意味では既《すで》にそれは叶《かな》っているのだとは、希はまだわからない。

「——……好きだ」

恐《おそ》ろしく不機嫌《ふきげん》な顔で、けれど本当は照れているだけの恋人《こいびと》の囁《ささや》きに、ふわりと蕩《とろ》けてしまったもので。

＊　＊　＊

アルコールに灼《や》けた熱よりも、胸焼けしそうに甘ったるい時間を過ごしたあとの日常は、なにげなさを装《よそお》うことが少し恥ずかしい気分になる。

久々にずる休みをしたあとの教室は、希にとって少しばかり、敷居《しきい》が高かった。

「雪下これ、休んでる間のノート」

「あ、ありがと……ごめんね」

それはいつもならば如才《じょさい》なくフォローを入れてくれ、希に笑いかけてくれるはずの友人の顔が、やけに硬《かた》い表情を浮《う》かべているせいでもある。

いままでにないかたくなな態度に、希は不思議顔で小首を傾《かし》げた。

「それとここ、試験範囲《はんい》に入るって……あと、こっちは予備校のカリキュラム。申し込みの受付はじまってるから」

「うん、あの……うっちー？」

いつも通りに面倒《めんどう》をみてはくれるけれど、決して嚙《か》み合わない視線がどこかもどかしい。

（俺、なんかやらかしたのかなあ……？）

酔《よ》って醜態《しゅうたい》をさらしたあとなだけに、希もかなり不安なものはあった。またやはりあの夜の記憶《きおく》は一部欠如したままで、自分はなにかしでかしただろうかと怖《こわ》くなる。

真帆のライブの夜から、結局三日ほど高遠の家にいた希は、むろん内川と顔を合わせるのはあの夜以来で、それだけにこのぎこちなさの理由がわからない。

宿酔《ふつかよい》と高遠のダブル攻撃《こうげき》のおかげで、今朝方まで希はベッドから出ることもできず、再びの渡米《とべい》をする柚に会うこともできなかった。そうして結果、ほったらかしにしたままの彼女から届いたメールの文面も、希の不安を煽《あお》っている。

『この間は楽しかったわ。でもうっちーとは早めに、友情を確認《かくにん》しておいた方がいいかもね？』

そうじゃないとまた高遠さんが怒るわよと、謎《なぞ》めいた言葉を残して自由の国に戻《もど》っていった柚には、あのあとから連絡《れんらく》はついていない。

本当にいったいあの夜、自分はなにをしたのだろう。そういえば高遠も、もう絶対人前で飲むなとしつこく念まで押していたけれど、理由はいくら訊《き》いても答えてもらえなかった。

「ねえ、うっちー。なんか……怒ってる？」

おずおずとそう問いかけ、どきどきと心臓を波打たせながら答えを待ってみた。だがそれに対する反応はないまま、内川は手元のテキストをまとめはじめてしまう。

「いや、怒ってない……ああ、次は化学か。移動教室だ、行くぞ」

「待ってよ。だって、なんかヘンだよ？」

顔を逸《そ》らした内川のあとを追いかけて、希は小走りについて行く。長い脚《あし》の歩みは速くて、それはいつものことだけれども、どうも焦《あせ》っているような素早《すばや》さがあるのだ。

「なあ、俺なんかしちゃった？　迷惑《めいわく》かけた？」

別になにもと言いながら、硬い横顔を見せた内川は、なにかを隠《かく》しているようだ。気になって仕方ないまま再三問いかけ、ちらりと流された視線に希は怖くなる。

怒っていないと言うのなら、内川はどうしてこんなに緊張《きんちょう》しているのだろうか。

「うっちー……？」

「んー……あのさ。いや、たいしたことじゃないんだけど」

不安でたまらず、じっと見上げた先の友人は深々と吐息《といき》して、肩《かた》の力を抜《ぬ》くようなアクションを見せる。ようやく彼が口を開いたことには希はほっとしたけれど、意志の強そうな唇《くちびる》から紡《つむ》がれた言葉はまるで意味がわからなかった。

「駅弁でさ。ヒモ引っ張るとあったまるタイプがあるの知ってるか？　雪下」

「へ？」

なんでここで駅弁なのだ、ときょとんとするより先に、廊下《ろうか》を歩きながらの内川は滔々《とうとう》と説

化学

明を続けた。希はわけもわからないまま、早い歩みを追いかけながら目だけで縋《すが》る。

「あれは中に水の入った袋《ふくろ》があってさ。ヒモを引くとそれが破れるわけよ。で、中には生石灰が入ってるんだ」

しかし内川の言葉はやはり、駅弁の解説を続けるばかりで、本当に意味がわからない。

「はあ……」

「生石灰も水も、単体じゃあ別に熱を発しないけど、お互《たが》いに触《ふ》れた時点で強烈《きょうれつ》な熱が出る。で、それを利用して駅弁はほかほかになるんだ」

そんな授業でも今日あるのだろうかと、手にした化学のテキストをちらりと眺《なが》めた希だったが、確かこの日の実験は塩素を使うものだったと聞いていた。

「あの、うっちー？」

なにを言いたいのだろうと眉《まゆ》をひそめ、おずおずと声をかける希の顔をもう一度正面から覗《のぞ》きこんでくる。

「な、なに……？」

たっぷり十秒は希の顔を観察したあと、内川はようやくほっとしたように息をつき、にっこりと微笑んだ。

「――……人間もやはり化学反応と一緒《いっしょ》だ。それはよくわかった」

「はい？」

ますます意味がわからないと希が首を傾《かし》げていれば、そんなわけだからと内川は肩に手を置き、何度もひとりで頷《うなず》いている。

「そこに水がなければ、生石灰は熱反応を起こさないんだ。で、この場合水は高遠さんで、おまえが生石灰なんだよな」

「ほあ？」

なにがなんだか、と目を丸くしているうちに、内川はその優秀《ゆうしゅう》な頭脳でもって結論を出してしまったようだ。希はただ幾度《いくど》も瞬《まばた》きして、少しも繋《つな》がらない会話にぽかんとするしかない。

「おまえとはいい友人でありたい。それが今日確信できたのは、本当に俺にとって喜ばしいことだったと思う」

ぽんぽんと肩を叩《たた》く手にもなんの作為《さくい》もなく、そこにいつもの内川の、穏《おだ》やかで冷静な情がこもっていることだけはわかるから、不安は静かに消えていく。

けれど、やっぱり言っていることは理解できない。

「あのー……俺、ぜんっぜんわかんないんだけど」

「いいんだ。そのままでいてくれ。是非《ぜひ》とも」

力一杯《ちからいっぱい》そう告げて、ようやくすっきりしたと笑う内川は、もういつもの彼に戻っていた。なんだか承伏《しょうふく》しかねるものを感じつつ、急げと促《うなが》す友人の声に希も頷く。

「あ、それと。そんなわけで俺もう、あの店に行くのは遠慮するから」

「え？　そ、そうなの？」

なにが「そんなわけで」なのかよくわからない。今日の内川は接続語の使い方が間違《まちが》っているなあと思いつつ、希は首を傾げるばかりだ。

「なんで？」

「俺は小市民だし、余計な敵は作らないで生きていきたいんだ。テリトリーはちゃんと分けておこうと思う」

「はあ……」

やっぱりわからないよと、突然《とつぜん》宇宙人になってしまった内川を眺める希の脳裏《のうり》には、やはりあの夜の記憶が一部欠損したままだった。

だから、希のある種罪作り——というよりはた迷惑な艶《なま》めかしい色気に、あの晩内川がうっかり道を踏《ふ》み外しそうな気持ちになったことなど、希にはまったく考えもつかないままだ。

「まあ、それならそれでいいけど」

ただ思うのは、高遠に余計な心配をさせる事態がこれで少しは減るだろうかと、そんな身勝手なことばかりだ。

希には、惑《まど》う気持ちを恥《は》じるように、そして少し恐《おそ》れるように目を逸《そ》らした、いまだ思春期を抜けきれない青少年の気持ちなど、わかるわけもない。

きっと内川本人も、わかってほしくはないだろう。

「あ、でも……普通に遊ぶのは？」

「それは話が別だろ」

まさか個人的な接触《せっしょく》は一切《いっさい》やめようというのだろうかと、少し先走った不安を希が口にすれば、内川はそれはないよと苦笑《くしょう》する。

「そっか、……ならよかった」

安堵《あんど》して、にっこりと微笑んだ希の嬉《うれ》しげな表情に、しかし冷静なはずの友人は少しだけ、赤くなる。

「……まあ、高遠さんも苦労するよな」

「はい？」

よくわからないと大きな目を見開く希に、内川はただ嘆息《たんそく》する。赤《あか》ん坊《ぼう》のようにと真帆に称《しょう》された頬《ほお》のあどけなさは、どうにも透明《とうめい》で邪気《じゃき》がなく、だから手に負えないのだと言うように。

「苦労するって、なんで？」

案の定、不思議そうに問う希自身はまるで気づいていないけれど、取り澄《す》ました表情を崩《くず》れさせた瞬間《しゅんかん》の甘さといえば、とても正視できるものではないのだ。

気づいてしまえば、囚《とら》われる。だから賢明《けんめい》な青年はそっと、わからないよう目を逸らす。

「あんまりあちこち、無邪気になつくなよ。周りが大変だから」

この魅力《みりょく》を自身の手で引き出したばかりに、誰《だれ》より魅了《みりょう》され、また複雑に案じている男の苦《く》悩《のう》と矛盾《むじゅん》は、結局は希自身に起因する。

「……俺、ちょっと同情するって、言っといて」

「なにが？　なにそれ？」

そんな高遠に対してほんのちょっとだけ共感してしまったことは、青春の一ページの記憶として内川の胸に残るだろうけれど。

友人の中にちょっとだけ残ったほろ苦い甘さと、年上の恋人《こいびと》の危《あや》ぶむ気持ちなど、希にはきっともうしばらく、理解の及《およ》ばない事象として位置づけられてしまうだろう。

「ねえってば、なんだよ、意味わかんないって！」

「あー、いいの、いいの」

そのまんまでいいんだよと、数日ばかりの間にさらに大人びた笑顔《えがお》を見せて、内川は颯爽《さっそう》と歩いて行く。

「よくないじゃん！　うっちー、ねえって……！」

追いかけ、じゃれついた先には弾《はじ》けるような笑い声があがった。廊下ではしゃぐなと教師に窘《たしな》められつつ、受験生ふたりは予鈴《よれい》を耳に走り出す。

衒《てら》いなく肩を叩きあう距離《きょり》の、その近しさを希はもう疑わない。

競《きそ》うように走る廊下を懐《なつ》かしく思う日々は、まだもう少し遠い。それでもいつか、笑いながら、輝《かがや》いていた窓を脳裏に描《えが》く日が来るのだろう。

その未来に、背の高い誰かの姿があることを強く願うまま、希は教室の中へと駆《か》け込んでいった。

END

あとがき

こんにちは、崎谷《さきや》です。今回は、ミルクラシリーズ番外編、ということで、いままであんまり描《えが》けなかった、希の学生やってる部分や、前作で結構、爆弾《ばくだん》発言をかました彼であるとか、希と同年代のキャラをフィーチャーしてみました（笑）。いかがでしたでしょうか。

今作は希のトラウマから軸《じく》をはずし、完全に、恋愛《れんあい》でじたばたするひとたちで行ってみましょうってなことで、タイトルの方もいままでの「ためいき」「ゆううつ」「とまどい」などの流れから、今回は「くちびる」と、あえてはずしてみております。女性キャラの出ずっぱり具合も、番外編らしく、いままでで最多なんではなかろうか。色々楽しゅうございました（笑）。

でもって今回、ミルクラのくせに（笑）マシントラブル一切《いっさい》なしでありました！　やはり三巻で禊《みそ》ぎ？　二度あることは三度あると言いますが、四度目はなかったようです（笑）。

しかしミルクラも四作目になると、本当にキャラクターも変化して、むろんその変化そのものを描くつもりではじめたシリーズではありましたが、色々感慨《かんがい》深いものもありますね。

書けば書くほど高遠がめろめろしていって、なんだか既《すで》に面白《おもしろ》い……。希は希で、一巻目の頃《ころ》の怯《おび》えて、自分を守ろうとしていた時期からすると、はっきり色々言えるようになったかな。

……とはいえ相変わらずお互《たが》いに振《ふ》り回されているカップルですが。

ちなみに作中、色んなジャンルが出てきた音楽ですが、このシリーズのおかげで、サックス奏者のCDを、ポップスからスタンダードジャズまで、片《かた》っ端《ぱし》から山ほど買いました。知り合いの勤めるジャズバーにも何度か行ってみたりして、いままで知らなかった音楽も沢山《たくさん》知ったかなと思います。そして結果、高遠はなんでもこなすひとになっちまいました（笑）。そのうち仕事の枠《わく》を広げて、映画のサントラだのやるんじゃなかろうか、と思っております。

そして、多分これで高遠と希のお話については、「ひとまずおしまい」です。この先については、一部の方（笑）にはお待たせしました、の義一＆玲二の話がシリーズとして刊行して頂けるので、そちらでちまちま出てくる形になると思います。

いやでも……自分的に、はじめてこんなに長く付き合ったひとたちだけに、いまは感慨深いです。あっ、なんか、あとがきを書きつつちょっとしんみりしてきました……（笑）。

またいつか、機会があれば書きたいですね。少し大人になった希と、高遠の話を。

そして最後に、関係者さまにお礼なぞ。

長らくお世話になりました高久《たかく》先生、今回もかわいくきれいなカットをありがとうございました。毎度毎度、高遠の髪型《かみがた》が変わるという、イヤンな状態で申し訳ありませんでしたけれど、色々なバージョンを見られて非常にお得な気持ちでした。そして、新シリーズもよろしくお願いいたします。学ラン希が見られて、個人的に感無量です（笑）。

ご担当熊谷さん。いやもう、このシリーズでは色々なことを共に乗り越《こ》えた気がいたします。本当にお世話になりました。そして今後も……今後とも……よしなに……！（笑）

んでもってジャズバー勤務幼なじみGくん、仕事場こっそり観察してごめんなさい。ついでに結婚《けっこん》おめでとう。んでもって友人一同、相談に乗ってくれてありがとう。みんなのおかげで、いまがあります。

そして、なによりも、このシリーズを読んで下さった皆《みな》さんに大感謝です。お付き合い、ありがとうございました。

……とか言いつつ、実は、あっさりさようならするには、しつこいひとたちだったようで。二〇〇四年の初夏あたりに、ムービックさんから「ミルククラウンのためいき」がCDになるそうです。びっくりです（笑）。まだ細かいことは未定ですが、ブックレットにショートストーリーがつきまして、それも既に書き下ろしております（笑）。詳細《しょうさい》は未定ですが、興味のある方はよろしくお願いいたします。

そして次回のルビーさんは、一度シリーズをお休みして単発のお話です。そのあと、ついに真打ち（だったのか？）義一と玲二のお話がはじまります。希たちよりアダルトな分だけめくるめいちゃってるかもしれませんが（笑）是非《ぜひ》によろしくお願いします。

それではまた、どこかでお会いできますように。

ミルククラウンのくちびる

崎谷《さきや》はるひ

KADOKAWA RUBY BUNKO

角川ルビー文庫　R83-4　13206

平成16年1月1日　初版発行
平成16年6月5日　3版発行

発行者―――井上伸一郎
発行所―――株式会社角川書店
東京都千代田区富士見2-13-3
電話/編集(03)3238-8697
営業(03)3238-8521
〒102-8177　振替00130-9-195208
印刷所―――暁印刷　製本所―――コオトブックライン
装幀者―――鈴木洋介

ISBN4-04-446804-4　C0193　定価はカバーに明記してあります。

ルビー文庫
もう、やめてやれないから――あきらめな
秘かに憧れていた、サックスプレイヤー・高遠の
淫らなキスシーンに遭遇してしまった希。
ショックをうける彼を翻弄するように、高遠は希に口づけ、そして……。
崎谷はるひ
イラスト／高久尚子
ミルククラウンのためいき

恋人の高遠が、女性アイドルと密会!?
しかも、動揺する希の前に現れた高遠は……。
「ミルククラウンシリーズ」第2弾!

ミルククラウンのゆううつ

崎谷はるひ
イラスト／高久尚子

ルビー文庫

ルビー文庫
してほしいこと、言ってみな。
なにも、考えられなくしてやるから——
両親の離婚にショックを受ける希を、
高遠は何も言わずに、ただ抱きしめるが——
「ミルククラウンシリーズ」第3弾！
崎谷はるひ
イラスト／高久尚子
ミルククラウンのとまどい